KB113522

天慶神嶽
淘陽文新

천미신교
낙양지부

천마신교 낙양지부 14

정보석 新무협 판타지 소설

초판 1쇄 찍은 날 § 2018년 11월 2일
초판 1쇄 펴낸 날 § 2018년 11월 9일

지은이 § 정보석
펴낸이 § 서경석

편집책임 § 이선근

펴낸곳 § 도서출판 청어람
등록번호 § 제387-1999-000006호
등록일자 § 1999. 5. 31
어람번호 § 제2-2757호

주소 § 경기도 부천시 부일로 483번길 40 서경B/D 3F (우) 14640
전화 § 032-656-4452 팩스 § 032-656-4453
http://www.chungeoram.com
E-mail § chungeorambook@daum.net

ⓒ 정보석, 2017

ISBN 979-11-316-91859-9 04810
ISBN 979-11-316-91369-3 (세트)

19

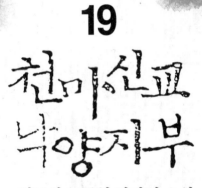

천마신교
낙양지부

정보석 新무협 판타지 소설

FANTASTIC ORIENTAL HEROES

天魔神教
洛陽支部

도서출판 청어람

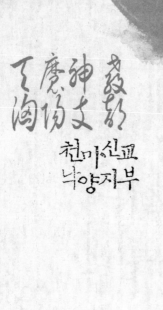

穀敎
神文
慶陽
天洶

천미신교
낙양지부

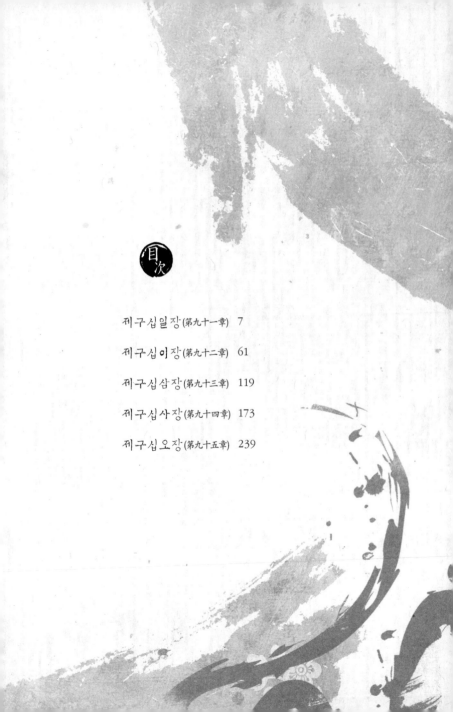

제구십일장(第九十一章)

내공이 정순하면 정순할수록 그것을 담는 마음도 정순해야 하기 때문에 백도고수들은 웬만해선 살생을 피하려 한다. 극악무도한 자를 처단하는 정도는 상관이 없었지만, 무고한 사람이나 어린아이를 죽였을 땐 오랫동안 참회의 시간을 가지지 않고는 그 여파에서 헤어 나오기 어렵다. 또 습관적으로 살생을 했다가는 그 검에서 예기보다 살기가 더 풍기고, 혈향이 체취를 덮을 지경까지 이르러 이에 영향을 받은 정순한 내공이 탁해지면서 필히 주화입마에 빠진다.

소림파, 화산파, 그리고 무당파의 경우는 더욱 심하다. 그들의 내공은 극도로 정순하여 마음에 생기는 일말의 자책감 하나만으로도 엄청난 영향을 받기 때문이다. 그중 심공의 공부가 부족한 자들은 죄책감을 전혀 가질 필요가 없는 천인공노할 악인을 살해했다 하더라도 내공의 진전이 완전히 막혀 버리거나 주화입마에 빠지는 경우도 빈번히 있었다. 그리고 심공을 깊게 익힌 고수라 할지라도 살생의 업보가 쌓이다 보면 서서히 주화입마에 빠지는데, 실제로 무당파와 화산파에선 악을 미워하며 수십의 악인을 처단하다 결국 타락하여 주화입마에 들어 폐인이 되거나 마공으로 전환하여 마인이 된 장로들도 있었다.

때문에 각 문파는 업보를 감당하는 방법을 연구하고 그것을 통해 발전했다.

소림파는 시간이 지날수록 날카로운 무기를 버리고 봉과 권, 지, 그리고 각처럼 예기가 없는 무공을 우대했다.

화산파도 검을 매화로, 예기를 매화의 향으로 비유하여 최대한 은유적인 방법을 통해 검을 수련하고 또한 그것으로 상대를 죽이기보다 제압하는 방식으로 검공이 발전했다.

무당파는 공격(功格)과 과율(過律)에 점수를 매기고, 각각의 업보를 점수로 관리하면서 마음을 다스렸다.

그러다가 중원에 발경(發勁)이라는 기공이 탄생했다. 이로 인해서 무형의 기운을 밖으로 쏘아 보내는 것이 가능해졌고,

곧 검술이 검공으로 바뀌기 시작했다.

검의 날카로움과 부드러움을 그대로 기에 담아 발경하는 수법이 전 중원에 유행하여 검기로 자리매김하게 되기까진 채 십 년도 걸리지 않았다.

무당파에서도 무당파 검법에 발경의 묘리를 적용시켰다. 그러자 그들의 특색을 지닌 검기가 자연스럽게 뿜어져 나왔는데 이를 유풍살(柔風殺)이라 칭했다.

그들은 이 유풍살을 무당파 모든 검공에 적용시키기에 이르렀으며, 그렇게 새롭게 변화한 그들의 검공은 중원의 어떠한 검공도 따라올 수 없는 독보적인 위력을 과시했다.

유풍살이 다른 검기에 비해 매우 우수한 검기라는 점도 있었지만, 이보다 더욱 무서운 점이 있었으니 바로 시전자가 살생으로 인한 업보에서보다 자유로울 수 있다는 점이다.

그것은 우연한 계기로 시작되었다.

무당파 장로 중 한 명이, 상대가 잘 보이지 않는 원거리에서 유풍살을 날려 보내 저격하면 사람을 죽였다는 느낌이 잘 들지 않는다는 사실을 깨달은 것이다.

그는 느낌을 담은 논리를 심공에 넣었고, 이로 인해서 살생으로 인한 업보를 합리화함으로써 어느 정도 자유로울 수 있었다.

적어도 악인 한 명 죽였다고 주화입마에 빠져 완전히 앞길이 막히는 정도에선 벗어난 것이다.

이 발견에 완전히 빠져든 그는 수많은 실험을 했는데 끝에 가선 결국 주화입마에 빠져 돌이킬 수 없는 지경이 되었다. 이러한 이유로 그 장로는 무당파에서 파문당하였고 그의 이름조차 기록에 남기지 못했다.

그러나 그의 심공은 많은 이에게 영감이 되었다. 처음에는 반대가 극심했지만 궁극적으로는 무당파가 발전하는 계기가 되었고, 세월이 흐르면서 수많은 무당파 선배 고수들의 경험과 기록을 통해 점차 업보의 선이 명확해져 갔다. 그리고 한 세대에서 옛 기록을 모두 모아 유풍살로 인한 업보를 체계적인 도표로 정리했다.

공격과 과율조차 점수를 매기는 도교의 사상이 반영된 것으로 무당파 고수들은 그것에 따라 자신의 마음을 관리하기 시작했다.

그들의 도표는 유풍살로 인한 업보에 영향이 있는 요소로 총 세 가지를 규정했다.

첫째는 살해자의 심공의 깊이, 둘째는 사망자의 악업의 정도, 그리고 마지막으론 둘 간의 거리이다.

이 세 가지를 종합하여 각각의 상황에 점수를 매기는데 그 총점을 백 이상 넘기면 초절정에 이를 수 없고, 삼백을 넘기면 내공이 더 이상 성장하지 않고, 오백을 넘기면 주화입마에

든다는 식이다.

예를 들면, 절정을 이룩한 태극진인이 이십 장 밖에서 유풍살을 쏘아 극악무도한 악인을 살해하는 건 5점이며, 백 장 밖에서 범인을 죽이는 건 200점이다. 일류고수가 십 장 밖에서 유풍살을 쏘아 살인을 저지르지 않은 정도의 악인을 살해하는 건 30점이며, 노승이나 어린아이를 죽이는 건 거리나 심공의 수준을 불문하고 500점이다.

이렇게 쌓인 업보를 메우기 위해선 그만큼 마음을 다스려야 하는데, 무당파의 가장 기본적인 폐관수련으로 이야기하자면 보름에 1점이다.

더욱 가혹한 것은 그보다 더 효과가 있으나 육신이 상하기 쉬워 잘 이행되지 않는다.

이는 무림인이라면 한 번쯤 들어봤을 정도로 잘 알려진 이야기이다.

따라서 제갈세가에서 자행된 참담한 대학살에서 그 누구라도 무당파를 떠올릴 수 없었을 것이다.

제갈세가의 건물들은 반이 허물어져 있고 반은 재가 되어 있었다.

아직도 불씨가 다 꺼지지 않았는지 이곳저곳에서 따뜻한 열기가 느껴졌다.

시선을 돌릴 때마다 보이는 시체들은 사지의 한 군데 이상이 동강 나 있고, 심한 건 남녀노소를 분간할 수 없을 만큼 수십 조각으로 나눠져 있었다.

정순한 내공을 익히는 무당파의 짓이라고는 눈으로 보고도 믿을 수 없을 만큼 잔인했다.

피월려는 무당파의 그런 자세한 내막은 알지 못했지만, 무당파가 아니라 일반 백도문파라도 이런 살생을 자행했다간 모조리 주화입마에 빠졌을 것이라는 것쯤은 알았다.

역시 이를 이상히 여긴 누라가 먼저 말문을 열었다.

"본 교가 이곳을 휩쓸었다 해도 믿을 것 같습니다. 이걸 무당파에서 자행한 일이랍니까?"

"나도 보면서 믿지 못하겠소."

"함정일지도 모르겠습니다."

"글쎄. 마공의 흔적도 보이지 않고 검상도 모두 일관적이오. 같은 문파 내에서도 여러 무기를 쓰는 흑도문파의 행각으로 볼 수는 없소. 이는 백도의 소행이오. 그것도 검파(劍派). 또한 이토록 짧은 시간 내에 제갈세가와 같은 오대세가를 이렇게 만들 수 있을 정도로 강해야 하오. 무당파 말고 누가 이 조건에 해당하겠소?"

무당파 말고 달리 답을 찾을 수 없던 누라가 말을 흐렸다.

"그야… 뭐, 아무리 무당파 도사들이지만 이런 집단 학살을 감행했다는 게 믿기지 않아서 그럽니다. 그놈들이 그렇게 집단으로 움직여서 여기저기 멸문시키고 그럴 놈들이 아니잖습니까?"

백도 내에서의 갈등은 각 문파의 대표 몇몇을 뽑아 해결하는 것이 원칙이었다.

이는 아무리 많아봤자 다섯을 넘기 힘들었고, 합격진 대 합격진으로 싸운다고 해도 열을 넘는 경우가 거의 없었다. 특히 체면을 중시하는 구파일방의 경우, 딱 한 명의 고수를 파견하여 갈등이 있는 중소문파의 장문인과 일대일로 승부하는 것이 일반적이었다.

그러니 그 누구도 제갈세가를 이 꼴로 만든 세력이 무당파라곤 생각할 수 없을 것이다.

피월려가 말했다.

"사실 개봉에서도 검선이 이끄는 무당파의 태극진인들이 호룡군으로 투입되긴 했었소. 단체로 말이오. 거기서도 많이 죽었는데, 벌써 보충하고도 남아 새로운 세력을 만들었다는 말을 들었소. 아마 무당파의 새로운 전력이 아닐까 하오."

"무당파 무공으로 대성하기가 그리 쉽습니까? 절정에 해당하는 태극진인들을 그렇게나 빨리 보충하게?"

"소림파가 멸문하고 인재들이 그쪽으로 쏠렸다 하지만… 역시 미심쩍은 부분이 있긴 하지. 혹 우리 제갈극 어르신께서는 뭐 아시는 것 없소?"

그때까지도 입을 다물고 제 갈 길만 가던 제갈극이 대답했다.

"그런 건 관심 없느니라. 그저 그놈들의 사돈의 팔촌까지 전부 알아내서 그 뼈로 곰탕을 해먹을 생각뿐이니라, 썩을 놈들. 도사라는 놈들이 이렇게 살생을 자행하다니."

누라가 놓치지 않고 말했다.

"사돈의 팔촌이라면 적어도 만 명은 넘을 것 같은데. 잘하면 본인의 뼈로 곰탕을 할 수도 있겠어. 그건 내가 먹어주마, 꼬맹아."

피월려는 그녀의 농을 못 들은 척하며 물었다.

"싸움은 어떠했소? 원거리에서 유풍살에 모두 죽은 것이오?"

"아니. 근거리에서도 검기를 쏴댔다. 이상한 노릇이지. 눈앞에서 무고한 사람을 베어 넘기면서도 그 정순한 내공을 유지하는 데 아무런 영향이 없다니……. 가주도 검선과 무당파를 의심해 왔는데, 이 사건으로 그들의 무공에 어떤 변화가 있다는 것이 증명되었다."

"무슨 변화 말이오?"

"정확하겐 모른다. 하나 그들이 지금까지 추구하던 정순한 것은 더 이상 아니지. 잠깐 여기 서거라."

제갈극은 한 전각 앞에서 그들을 멈춰 세운 후 눈을 감고 주문을 읊었다.

그 크기를 보아선 제갈세가 전체의 중심이 되는 전각처럼 보였는데, 낙양에 있는 천마신교 건물보다도 더 큰 위세를 자랑했다.

이런 큰 크기의 전각이 계속 보이지 않다가 그들도 모르는 사이에 갑자기 모습을 드러낸 것을 보면 어떤 진법이 짜여 있다고밖에 생각할 수 없었다.

누라가 피월려에게 물었다.

"근데 저 꼬맹이한테 왜 자꾸 하오체를 쓰시는 겁니까?"

"버릇 같은 것이오. 내가 편한 것도 있고. 마궁에게도 쓰지 않소?"

"저놈이 대주께 반말을 지껄일 때마다 괜히 제가 낮아지는 거 같아 신경 쓰입니다."

"그렇게 안 보이는데, 그런 자잘한 걸 다 신경 쓰는 사람이었소?"

"원래 안 그런데 저 꼬맹이는 이상하게 거슬리는군요."

"제갈세가의 인물들은 말투가 다 저런데 앞으로 어떡하려고 그러시오? 하하!"

"역시 따라오는 게 아니었습니다."

누라는 낮게 읊조리면서도 사실 제갈극은 안중에도 없는지 사방팔방을 계속해서 두리번거렸다.

피월러는 부드럽게 설명했다.

"낙양에 무슨 일이 터졌을 줄 알고. 아무런 소식도 없이 그냥 낙양으로 돌아가기엔 너무 위험하지 않소? 일단 능수지통에게 소식통이 있을 테니 상황부터 파악하는 것이 옳소."

누라는 전각을 위아래로 훑으며 의심의 눈초리를 지우지 않았다.

"백도인을, 그것도 능수지통의 말을 믿으라는 겁니까?"

"그럼 그를 믿는 나를 믿으시오. 내가 책임질 테니."

"……."

"마궁께선 검선과의 싸움만 집중해 주시면 되오."

누라는 뭔가 마음에 안 드는지 혀를 한번 찼지만, 눈은 피월러의 얼굴에서 떼지 않았다.

"폭약이 제갈세가에 있을지 모르겠습니다."

"지마 때의 좋지 않은 버릇은 버리시오. 정면 돌파 하겠다는 결정으로 지마의 벽을 깼다는 걸 알지 못하겠소?"

"압니다. 그런데 시간 나면 비무나 해주십시오. 솔직히 아직 안 싸워봐서 천마인지 통 모르겠습니다. 피 대주가 공중부양을 직접 본 것도 아니고 다 저 꼬맹이가 하는 말만 듣고 제가 천마라고 하는 거 아닙니까?"

피월려도 천마에 이르렀을 때 자기의 무위를 확신하지 못했다.

때문에 누라의 감정을 공감한 피월려는 고개를 두어 번 끄덕이며 확고하게 말했다.

"얼마든지 그렇게 하겠소. 하지만 일단은 능수지통과 말을 섞어야 하니 말은 내게 맡기고 만일의 사태에 대비하여 옆에서 그를 경계해 주시오. 그조차도 심계에 큰 영향을 미칠 것이오."

"존명."

같은 천마인 피월려에게 포권을 취하고 예를 갖춘 누라를 보며 피월려는 묘한 기분에 사로잡혔다.

그는 그 기분이 무엇인지 확실히 이해할 수 없었지만, 상옥곡에서 빠져나올 때 스스로 미끼가 되겠다던 주하에게서 느낀 것과 동일한 것임을 알 수 있었다.

도대체 무엇일까?

피월려가 자문하는 사이, 제갈극이 눈을 뜨고 말했다.

"생로(生路)를 찾았으니 이제 들어가면 되느니라."

누라가 물었다.

"같이 안 가나, 꼬맹이?"

"본좌는 밖에서 할 일이 있느니라."

누라는 터벅터벅 제갈극에게 걸어가더니 허리를 숙이고 그의 어깨에 손을 올려놓으며 눈높이를 맞추었다.

그녀의 입은 미소를 담고 있었으나 눈은 전혀 웃고 있지 않았다.

"아, 그렇지! 함정에 제 발로 들어간 무식한 마인 두 명을 밖에서 편하게 누워서 요리해야 하는 할 일이 남았겠지. 안 그래, 꼬맹아?"

제갈극은 한심하다는 듯 고개를 몇 번 좌우로 흔들곤 어깨에 올린 누라의 손을 툭 내쳤다.

"마인은 두려울 게 없다더니… 다 허세였군. 그리 의심스러우면 내가 먼저 들어가 주마."

그러곤 휭하고 돌아서 먼저 전각 안으로 들어가 버렸다.

그 말은 들릴락 말락 했지만 딱 그 의미를 충분히 유추할 수 있을 만큼의 음량이었다. 입술에 걸린 미소마저 사라진 누라는 서서히 오른손을 머리로 가져갔지만, 피월려가 그 팔을 막았다.

"말씀하신 대로 꼬맹이이오."

"말하는 걸 들어보면 아니라고 확신합니다. 기문둔갑으로 어린아이의 모습을 취한 것일 수도 있지 않습니까?"

"……"

미처 그 생각을 하지 못한 피월려는 순간 반박할 말을 찾지 못했다.

그리고 누라의 날카로운 눈은 피월려의 눈 속에 담긴 흔들림을 정확히 포착했다.

하지만 피월려는 생명을 살려주었고, 천마에 이르게 해주었다.

누라는 고집을 꺾고 피월려를 지나치며 한마디 했다.

"너무 믿는 것 같습니다, 대주."

피월려는 그녀를 따라잡고는 그녀의 앞을 막아섰다.

"그건 아니오. 나는 객관적인 판……."

누라가 피월려의 말을 잘랐다.

"믿을 수밖에 없으니까 믿는 거 아닙니까? 그런 믿음이 객관적인 판단에 의한 것입니까?"

피월려는 그녀를 바라보며 진중한 목소리로 말했다.

"나를 믿으시오, 마궁. 용안심공은 남들이 보지 못하는 것을 보여주오. 게다가 나는 영안까지 있소. 지금의 상황이 겉으로 보기엔 확실히 의심스러운 것을 알지만, 나를 믿으면 다른 결과를 보게 될 것이오."

피월려의 설득에도 누라의 표정은 더욱 딱딱하게 굳을 뿐이다.

누라는 피월려에게서 시선을 떼며 앞서 걷는 제갈극을 보았다.

"그런 무공과 그런 명성을 가지고도 독불장군인 이유를 이제야 알겠군요."

"……."

"은혜를 베푸셨으니 일단 모두 믿어드리겠습니다. 그렇지만 그 이후로는 제게 믿음을 바라지 마십시오, 심검마."

누라는 싸늘한 걸음으로 피월려를 지나쳤다.

피월려는 마음에 공허함이 가득 차올라 다시 누라를 붙잡을 수 없었다.

그것은 아주 중요한 것을 놓쳐 버리고 다시는 찾을 수 없다는 사실은 인지했을 때 오는 그 허무함이었다.

잠시 서서 그 기분을 떨쳐낸 피월려는 서둘러 그들을 따라 전각 안으로 들어섰다.

*　　　*　　　*

복도는 어두컴컴했다. 흡사 이전의 낙양지부를 그대로 재현해 놓은 것 같았다.

단순히 분위기를 넘어서 높은 위치의 창문과 복도의 폭까지도 비슷했다.

피월려는 용안심공을 거두며 경계의 눈빛을 거두지 않은 누라에게 말했다.

"예전 낙양지부에 온 적이 있으시오?"

누라가 영문을 모르겠다는 듯 되물었다.

"아니요. 왜 그러십니까?"

"그때의 지부와 이곳이 매우 흡사해서 말이오. 아마 같은 방식의 진법으로 만들어진 것 같은데, 그렇다면 최면에 빠지는 것도 비슷한 형식일 것이오. 경계심을 풀어야 하오."

"무슨 뜻입니까, 그게?"

"주변에 집중하면 집중할수록 최면에 빠지게 되고 서서히 진법에 휘말리게 되오."

누라는 지팡이로 앞서 걷는 제갈극을 성의 없이 가리켰다.

"저 꼬맹이가 생로라고 하지 않았습니까?"

"생로조차도 위험이 있는 진법이오."

"그게 무슨……."

제갈극이 누라의 말을 자르며 물었다.

"창문의 색이 무엇으로 보이느냐?"

누라는 황당해하며 서서히 머리카락에 손을 가져갔다.

"뭐, 뭐야? 왜 둘 다 갑자기 이상한 소리를 하는 거지? 환각이야?"

제갈극이 멈춰 서서 고개를 돌렸다.

"창문 색. 뭐냐고?"

심각한 표정에 누라는 별말 없이 슬쩍 창문을 보고 말했다.

"적(赤). 왜?"

"벌써 빠졌군. 쯧쯧쯧. 뭐 그리 경계를 해서……."

누라는 영문을 모른 채 피월려를 돌아봤다.

"저 꼬맹이가 무슨 말을 하는 겁니까?"

피월려가 차분히 설명했다.

"이 진법은 생로를 통해서 움직인다고 해도 주변 환경에 너무 집중하다 보면 자연스레 최면에 걸리게 되어 사로(死路)로 희생자를 인도하오."

"뭐 그런 거지같은 게 있습니까?"

대답은 제갈극이 했다.

"팔괘(八卦)와 구궁(九宮)의 묘리를 섞어 만든 유곡공내진(扭曲空內陣)이다. 일억 삼천사백이십일만 칠천칠백이십칠의 변화를 담고 있지. 생로를 안다 하더라도 주변을 경계할 수밖에 없는 침입자라면 필히 죽음에 이르는 절진(絶陣)이다. 헌데 마교의 낙양지부에 같은 진법이 있었다고?"

피월려는 코웃음 쳤다.

"백도에서 전 낙양지부를 침공할 때 제갈세가도 동참한 것으로 알고 있소. 갑자기 모르는 척하지 마시오."

제갈극은 턱을 괴고 고개를 돌렸다.

"내가 열 살 무렵이었으니 속세의 일을 모를 때지. 암. 서둘러야겠느니라. 저년이 최면에 걸렸다간 괜히 본 가에 화풀이할 것이 자명하니."

"너 자꾸 년년 하면 진짜 머리에 구멍이 뚫리는 수가 있어,

꼬맹아."

"그럼 네년도 나를 꼬맹이라 부르지 마라. 그러면 본좌도 그 호칭을 거두어주지."

누라의 얼굴에서 핏줄 하나가 꿈틀하는 것을 본 피월려는 그녀가 무슨 말을 하기 전에 먼저 제갈극에게 말했다.

"더 이상 자극하지 말고 길이나 안내해라, 제갈극. 죽기 싫으면."

제갈극이 가소롭다는 듯 피월려를 노려보며 소리쳤다.

"죽여봐. 이 마졸이 우대해 주니까 범 무서운 줄 모르… 고… 그… 허엄."

소소에 반투명하게 덧씌워진 심검이 강력한 예기를 발산하자 제갈극의 말이 입안으로 기어들어 가버렸다. 피월려의 심검이 그가 아는 모든 기문둔갑의 묘리를 전부 베어버릴 수 있는 검이라는 걸 깨달았기 때문이다.

이를 보고 사악한 미소를 지은 누라는 화살을 꺼내 시위에 걸곤 제갈극을 보았다.

"아이고. 우리 꼬맹이! 모조리 허세였구나! 하긴 혓바닥 긴 놈 치고 허세 없는 새끼가 없지. 다시 한번 지껄여 봐라."

제갈극은 즉시 얼굴을 굳히더니 반쯤 감은 두 눈으로 누라를 보았다.

그러곤 그가 할 수 있는 가장 정확한 발음으로 또박또박 말했다.

"년, 년, 년, 녀……."

누라가 소리 없이 화살을 쏘았다.

화살이 쏘아짐과 동시에 제갈극의 신형이 연기처럼 흐려졌다.

화살이 허무하게 연기를 뚫고 지나가자 그 연기가 다시 한데 모여 제갈극이 되었다.

제갈극은 마치 목뼈가 부러진 것처럼 좌측 어깨로 고개를 떨어뜨렸다.

그러곤 오른쪽으로 퉁기며 물었다.

"끝?"

"……."

"끝? 끝? 끝? 끝? 끝?"

끝이라고 말을 할 때마다 좌우로 움직이는 제갈극의 머리는 마치 양어깨가 공을 퉁기듯 가지고 놀고 있는 것처럼 보였다.

누라의 분노 그 자체를 손가락으로 마구 꼬집는 것 같은 그 행동은 제갈미나 제갈토조차 한 수 접어줄 정도이다.

누라는 몸속에 마기를 모두 끌어모았다.

"오냐, 꼬맹아. 오늘 네놈의 사지를… 으응?"

누라는 순간 눈앞에서 날아가는 것이 자기도 모르게 쏘아

버린 화살인 줄 알았다. 그러나 그것이 제갈극의 눈앞에서 멈 춰 서서 손을 크게 휘두르는 것을 보곤 피월려라는 것을 알 수 있었다.

제갈극의 모습이 연기로 변했지만 그 모습이 완전히 사라지 기도 전에 피월려의 심검이 그 연기를 베어버렸다.

놀랍게도 그 연기가 반으로 잘리면서 뚜껑이 열리듯 위에 있던 연기가 증발했다. 그 안에는 엉덩방아를 찧은 채 자기 머리를 양손으로 감싸고 있는 제갈극이 있었다. 그는 지금까 지 보여준 적 없는 두려움이 가득한 눈빛으로 피월려를 올려 다보고 있었다.

초롱초롱한 눈빛과 긴 눈썹 끝에 송골송골 달린 눈물은 영 락없이 어린아이의 것.

피월려는 마기를 다스리곤 물었다.

"끝?"

"에?"

"끝?"

"……?"

"끝?"

"예, 안 할게요."

피월려가 심검을 거두자 제갈극을 감싼 연기가 모두 땅으 로 흡수되듯 사라졌다.

제갈극은 한동안 눈물을 훔치면서 자리에서 일어나지 못했다.

누라가 피월려에게 핀잔을 주었다.

"명색이 천마이신데, 꼬맹이한테 심검이 뭡니까, 심검이?"

피월려는 소소를 품에 넣으며 말했다.

"기문둔갑을 이용해 어린아이로 외형을 숨길 수 있는 것 아니오?"

피월려는 빙그레 웃었고, 누라는 말없이 흰 이빨을 드러냈다.

그녀는 곧 울음을 참는 제갈극에게 다가가며 피월려에게 말했다.

"남들에겐 없는 그 영안과 용안심공으로 참모습을 보면 되는 거 아닙니까? 참으로 쓸모없군요."

"혹시 모르는 일이지."

누라는 쭈그리고 앉아 제갈극의 등을 토닥여 주었다. 한세 번쯤 토닥였을까? 제갈극이 그 손을 뿌리치며 벌떡 일어났다.

"너!"

누라가 제갈극을 올려다보았다.

"오호, 많이 발전했네? 년에서 너라니."

제갈극은 그 말을 무시하고 물었다.

"별호가 뭐냐? 심검마가 마궁이라 부른 것 같은데, 그게 네 별호이냐?"

"왜? 별호로 불러주게? 아이고, 감사해라."

"…싫으면 말아라."

"맞다, 맞아. 그러는 너는 별호가 뭐냐?"

제갈극은 획하니 몸을 돌리며 말했다.

"본좌는 아직 속세에서 활동하지 않아 별호가 없느니라. 정 나를 부르고 싶다면 극 도련님이라 하라."

"아이고, 물론입니다, 극 도련님!"

누라의 장난기 어린 말투에 제갈극은 양 주먹을 꽉 쥐더니 피월려를 힐끔 보고는 다시 돌아서 걷기 시작했다.

왠지 모르게 그의 걸음이 빨라져 그들은 일각도 걸리지 않아 제갈토의 거처에 도착할 수 있었다.

"이곳이다."

앞에 선 문을 보며 피월려는 고양되는 위화감을 쉽게 지워 내지 못했다.

복도의 형태와 그 문이 하나같이 낙양지부의 것과 판박이 였다. 당장 저 문을 열고 박소을이 튀어나온다고 해도 전혀 이상할 것이 없었다.

제갈극이 문을 열었다. 그러자 고요했던 복도가 감미로운 금음(琴音)으로 차올랐다.

피월려는 방문에서 쏟아지는 소리를 잠시 감상하다 환한 빛에 적응된 눈으로 제갈토의 모습을 보았다.

상석에 앉은 그는 연주에 흠뻑 빠져 피월려가 이곳에 당도한 것도 모르는 것 같았다.

살아 있는 왼손과 만들어진 오른손은 원래부터 하나인 것처럼 조화롭게 움직였다.

그가 품에 놓고 연주하는 현금(玄琴)은 보통의 칠현금보다 두 배는 더 컸고 일곱보다 훨씬 많은 줄이 연결되어 있었는데 모두 평행한 일자를 그리는 것이 아니라 이리저리 어지럽게 뒤엉켜 있었다. 그러나 거기서 나는 소리는 다른 칠현금에 비교할 수 없을 만큼 깨끗했고 또한 풍성했다.

그리고 그의 옆에선 한 노파가 그의 가락에 맞추어 똑같은 금을 연주하고 있었다.

허리까지 내려오는 흰 머리카락을 곱게 빗은 그녀는 일반 평민들이 입을 법한 편한 복장을 입고 있었는데, 자연스레 피어나는 그녀의 품격은 천한 출신이 절대 가질 수 없는 성질의 것이었다.

주름이 가득한 얼굴과 반쯤 꺾인 허리도 저절로 풍기는 기품에는 전혀 영향을 주지 못하고 있었다.

하나로도 세상의 음을 모두 담을 만한 그 현금 둘이 조화롭게 가락을 울리니 세상 밖의 것을 듣는 것 같았다. 피월려는 물론 누라조차 그 가락에 빠져 한동안 말을 잃고 가만히 서 있었다.

얼마나 시간이 지났을까? 연주가 끝나자 제갈토는 현금을 옆으로 치웠다.

그때까지도 감동에서 벗어나지 못한 피월려와 누라는 제갈토의 현금이 의자에 부딪치는 소리를 듣고서야 퍼뜩 정신을 차렸다. 이를 본 제갈토가 물었다.

"어떤가, 내 음공(音功)이? 키힛."

그의 특유의 웃음소리는 잔잔히 남아 있는 여운을 통째로 없애 버렸다.

피월려는 용안심공을 극한으로 발휘하며 소소에 손을 가져갔다.

"용안심공을 뚫다니… 대단한 경지시오, 능수지통."

제갈토는 아무것도 아니라는 듯 손을 내저었다.

"네 몸에 해를 끼치려 했다면 진작 발동했을 것이다. 내 음악에 그런 불순한 의도가 없었기 때문에 용안심공도 잠잠했던 것이지. 이렇게 본 가에서 손님으로 심검마를 맞이하니 참으로 기분이 좋군. 어떤가? 본 가는 처음 아닌가?"

"처음이오."

"이곳은 원래 사랑방이 아니라네. 하지만 자네도 알다시피 본 가의 사정상 멀쩡히 쓸 수 있는 건물이 이곳뿐이라서. 혈

겁에서 살아남은 본 가의 식솔들이 모두 이 건물에서 쉬고 있으니 이젠 이것이 본채라 할 만하지. 그러니 이런 푸대접에 너무 기분 상해하지 마시게."

장난기가 조금씩 남아 있긴 하지만 그의 말이나 표정은 어른의 그것에 상당히 가까웠다. 어딘지 모르게 정상인처럼 보이는 제갈토를 보며 피월려는 쉽게 적응할 수 없었다. 피월려는 그에게 이런 인격이 드러나게 된 가장 큰 계기를 생각해 보았다.

입신과의 싸움을 앞뒀기 때문일까?

식솔이 반 이상 죽은 죄책감 때문일까?

가주로서 본 가에 있기 때문일까?

전부 아니다.

그의 옆에 있는 여인 때문이다.

피월려가 말했다.

"전혀 기분 상하지 않았소. 부인과 함께 옥조로 맞아주시니 이것이 푸대접이라면 이 세상에 모든 대접이 푸대접일 것이오."

제갈토는 손으로 그 여인을 가리키며 말했다.

"부인이 아니라 존온(尊媼)일세."

순간 누라와 피월려의 두 눈이 보름달만큼 커졌다.

노파(老婆)가 온화하게 웃으며 말했다.

"이번에 아들이 신세를 진다 들었소. 부족한 녀석이니 잘 보좌해 주시구려."

피월려는 잠시 할 말을 못 찾다가 포권을 취했다.

"걱정하지 마십시오."

같이 고개를 숙인 노파가 금의 끝자락을 손가락으로 한번 치자 제갈토가 그녀를 보며 말했다.

"이제 시작인데, 가실 겁니까?"

"가야지. 가주의 일을 방해해서 쓰나."

제갈토가 그녀의 무릎 위에 놓인 현금을 치워주자 그녀는 천천히 몸을 일으켰다. 제갈극은 얼른 그녀에게 다가가 부축했고, 노파는 그런 제갈극의 머리를 한번 쓰다듬었다.

"네가 고생이 많다."

제갈극은 한 발, 한 발 그녀의 발걸음에 맞추어 걸으면서 말했다.

"아닙니다, 조모님."

그렇게 겨우겨우 방문에 도착한 노파가 마지막 말을 남겼다.

"그럼 일들 보시오."

피월려와 제갈토뿐만 아니라 누라까지도 자연스레 고개를 숙였다.

문이 닫히자 제갈토는 기지개를 쭉 켜더니 자리에서 벌떡 일어났다.

"내 친애하는 마교 친구들, 거기 그 앞에 자리하게나. 가모(家母)께서 늙어서 심심함을 달래는 것이 인생의 전부인지라 아들 된 도리로 놀아드려야 했으니 그 점 이해해 주시게. 치매가 지독해서 이렇게 정신이라도 가끔 차릴 때면 내가 다른 일을 할 수가 없어. 다들 차 한 잔 어떻겠나? 귀한 녹차인데……."

누라가 의자에 앉으며 단도직입적으로 물었다.

"몇 살입니까?"

"이제 곧 칠십을 보지. 차는 진짜 안 할 텐가? 진짜 귀한 거라 이번이 아니면 평생 가도 못 마실 텐데?"

피월려가 제갈토의 오해를 바로잡아 주었다.

"존모(尊母)의 연세를 물어보는 것이오. 그리고 차는 됐소."

제갈토가 한쪽으로 걸어가 찻잔에 차를 따르면서 말했다.

"아, 뭐였지? 흐음, 기억이 안 나는군. 백 세는 확실히 안 된 걸로 아는데."

"……."

"뭐, 그런 표정으로 쳐다보는가? 내가 요즘 일이 얼마나 많은데, 쯧. 어머니 나이 정도야 까먹을 수도 있는 거지. 아마 어머니께 내 나이를 물어봐도 같은 대답을 할 거야."

누라는 어이없다는 듯 숨을 내쉬었다.

"그거야 치매에 걸렸으니 당연한 거 아닙니까?"

"누가 걸리라고 했나? 그쪽은? 차 마시나?"

"귀한 거라니까 뭐, 마셔보죠."

"헌데 누구지? 내가 요즘 깜박깜박해서 말이야. 서운해하지 말고."

피월려는 누라와 함께 방 한편에 있는 의자에 앉으면서 말했다.

"누라. 별호는 마궁이오. 이번에 천마에 올랐소. 검선과의 대결에 있어서 큰 도움이 될 것이오."

"글쎄, 천마 한 명이 더 붙었다고 그게 큰 도움이 될까?"

"궁사(弓師)이오."

"아, 그러한가? 그 지팡이 같은 게 활인가 보군. 하여간 마교 연놈들은 제 실력도 능력도 안 되니 특이한 거 아니면 못 쓰나?"

누라는 헛웃음을 지었다.

"참 나, 그 애비의 그 자식이네. 이봐, 능수지통. 부탁하는 입장이면 부탁하는 입장답게 차나 내올 것이지 뭐 그리 말이 많아? 내가 네놈한테 뭐 쫄기라도 할 거 같아?"

제갈토는 고개를 갸웃거리더니 피월려에게 말했다.

"저년, 꼭 필요한가?"

"상당히 필요하오."

"아니, 그니까 꼬옥 필요하냐고."

"상당히라고 말씀드렸소."

그는 막 차를 따른 두 찻잔을 들고 피월려와 누라가 앉은 곳으로 와서 그들의 앞에 자리했다. 중앙에 있는 나무 상 위에 두 찻잔을 내려놓은 제갈토가 자리하면서 의자를 앞으로 끌었다.

"흐음. 그래, 심검마도 다 생각이 있어서 데려왔겠지. 헌데 혹 저년이 심계에 능해서 대화를 돕기 위해 데려온 건 아니겠지?"

"궁사라고도 말씀드렸소."

"그럼 혓바닥은 필요 없겠군."

제갈토는 왼손으로 허공을 한번 집곤 피월려 앞에 펴 보였다. 그러자 아무것도 없던 그 손바닥 위에 사람의 혓바닥처럼 보이는 것이 팔딱팔딱 뛰고 있다.

"무스! 으웩! 으― 웩!"

누라는 소리치자마자 입을 틀어막고는 헛구역질을 하기 시작했다.

그녀는 손을 입속에 집어넣어 입안에 혀가 있나 직접 확인해 봤다. 그러나 그 안에는 아무것도 없었다.

입안은 말 그대로 텅 비어 있었다.

제갈토는 가져온 두 찻잔 중 하나를 오른손으로 집어 누라의 앞에 놓았다.

펄펄 끓으며 모락모락 김이 새어 나오고 있었는데, 그 수증기조차도 매우 뜨거워 피부를 델 정도였다.

그는 마치 차를 우려내는 것처럼 혓바닥을 두 손가락으로 집어 들곤 그 찻잔 위에서 입김을 이리저리 흩뜨려 놓았다.

그러자 그 혓바닥을 통해서 뜨거운 온기를 느낀 누라는 표정이 굳은 채 두려움이 서린 눈길로 제갈토를 바라보게 되었다.

제갈토는 씨익 웃으며 그 혓바닥을 찻잔에 넣었다.

"극상의 차이니 천천히 음미하시게."

그 혓바닥이 공중에서 떨어져 차에 닿을 때까지 피월려와 누라는 조금도 몸을 움직일 수 없었다.

혓바닥은 곧 뜨거운 찻물 속으로 쏘옥 들어갔다.

"으아아아악! 으악! 으아아아! 으아!! 으아!"

누라는 입을 틀어막으며 그 자리에서 옆으로 쓰러져 바닥을 뒹굴었다. 찻잔 속에 완전히 들어간 그녀의 혀는 뜨거운 온도에 겉에서부터 서서히 익으면서 갈색 빛을 띠기 시작했다.

고통에 몸부림치는 누라를 차가운 눈빛으로 내려다보던 제갈토가 흥미를 잃었다는 듯 피월려에게 천천히 시선을 돌리며 말했다.

"자, 이제 대화를 해보지. 흐음. 혹시 저 비명 소리가 거슬린다면 내가 진법을 써서 소리를 막아주겠네."

피월려가 말했다.

"나는 상관없소. 능수지통께서 거슬린다면 그렇게 하시오."

제갈토는 어깨를 들썩이며 말했다.

"에이, 에이. 저 소리는 내게 있어 극락의 음률일세. 방금 들은 연주보다 더욱 아름다운 곡조지. 나이가 들면 심검마 자네도 이해하게 될 걸세."

"……."

"그런데 생각보다 살기를 잘 다스리시는군."

"다스릴 살기가 없는데 무슨 소리를 하시는지 모르겠소, 능수지통."

"정말인가?"

"무슨 말씀을 하고 싶은 것이오?"

제갈토는 바닥에서 뒹굴고 있는 누라에게 턱짓을 하고 말했다.

"수하가 저리 고통스러워하며 바닥에서 뒹굴고 있는데 살기가 일어나지 않느냐는 말일세."

"내 수하가 왜 고통스러워한다는 말이오?"

"그야 혓바닥이 뜨거운 차에 담가졌으니 그런 것 아닌가?"

"차에 담긴 건 그녀의 혓바닥이 아니라 찻잎이오, 제갈토."

누라는 격하게 숨을 내뱉었다.

"하아, 하아, 하아!"

그녀는 눈을 몇 번이나 껌벅였다.

꽉 쥔 채 부들부들 떨고 있는 양손.

식은땀에 흠뻑 젖은 옷.

누라는 의자에 그대로 앉아 있었다.

그녀는 혓바닥을 움직여 보고는 곧 아무런 이상이 없다는 걸 깨달았다.

숨이 점차 돌아오자 누라는 초점이 맞춰진 두 눈을 통해 그녀 앞에 놓인 찻잔을 보았다.

모락모락 김이 올라오는 찻잔에 담긴 녹차는 그윽한 향기를 내고 있었고, 그 안에는 찻물을 녹색으로 물들이고 있는 찻잎이 둥둥 떠 있었다.

제갈토는 등받이에 몸을 기대며 앉은 자세를 한껏 편하게 했다.

"그렇군. 내가 착각했네, 심검마."

피월려는 누라 앞에 놓인 찻잔을 자기 쪽으로 가져가며 누라에게 말했다.

"내가 마셔도 되겠소?"

누라는 목에 흐르는 땀을 소매로 닦아내며 연신 고개를 끄덕였다.

아직 넋이 다 돌아오지 못했는지 그녀의 두 입술은 마치 원래 하나이던 것처럼 꼭 붙어 있었다.

피월려가 형편없는 방법으로 차를 한 모금 홀짝이자 제갈 토가 핀잔을 주었다.

"다도를 귀히 여기는 사람이 이 자리에 있었다면 자넨 오늘 살해당했을 거야. 내가 다도에 딱히 흥미가 없다는 걸 감사하게 여기게나. 그런데 안대를 차고도 영안이 보이는 건가? 묘하군."

피월려는 차가 별로 맛이 없는 듯 바로 찻잔을 내려놓곤 말했다.

"용안심공으로 본 것이오."

"그것이 영안을 대신하진 않을 텐데?"

"그것을 통해서 깨달음이 있어 용안심공이 한층 발전했소. 때문에 영안의 효과를 그대로 이어받았소."

제갈토는 뭔가 못마땅한 듯 팔짱을 꼈다.

"흐음, 뭔가 내가 손해 보는 기분이군. 그 영안을 줌으로써 나도 시야를 공유하는 건데 말이지. 이렇게 되면 그 안대로 영안만 가리고 용안심공으로 영안의 효과는 전부 누리는 것 아닌가? 그럴 거면 약속과 다르니 그 영안을 가져가야겠어."

피월려는 얼굴을 찌푸리며 이상하다는 듯 혀를 몇 번 찼다. 분명 맛이 없었는데, 그 차의 잔향이 입안에 맴돌아 차 맛이 극히 좋았다고 그를 끊임없이 설득했기 때문이다.

그 설득에 못 이긴 피월려가 다시 찻잔을 입으로 가져가 한 모금 마셨다.

"그런 조건 같은 건 없었소, 능수지통. 아무런 대가 없이 선물로 준 것 아니오? 그런데 그걸 이제 와서 빼앗아가겠다니… 아무리 능수지통이라도 그건 선을 한참 넘었소. 그리고 만약에라도 영안이 없어진다면 용안심공에도 큰 영향이 생겨서 심검을 펼치지 못하게 될 것이오. 검선은 그대로 물 건너가는 것이지."

능수지통도 찻잔을 들고 입으로 가져갔다.

"내가 선물로 줬나? 기억이 잘 안 나서 말이야. 뭐, 그랬다면 그런 것이겠지. 설마 심검마가 내게 거짓말을 하겠나. 그럼 그 영안은 준 걸로 하겠네. 절대 검선 때문에 그런 것이 아니라는 점을 강조해 두고 싶군."

피월려는 역시 아니라는 듯이 고개를 흔들며 찻잔을 내려놓았다. 다시는 집어 들지 않겠다는 듯 멀찍이 둔 후에 대답했다.

"또 다른 선물은 어찌 되었소?"

"응? 무슨 선물? 뭐가 또 있나?"

"이거 말이오, 이거. 보니까 본인 것은 이미 만드신 것 같은데."

피월려는 자신의 오른팔을 툭툭 쳤다. 그러면서 자기도 모르게 혀를 내밀곤 입맛을 한번 다셨다.

제갈토는 오른팔을 슬쩍 내려다보았다. 그러자, 그의 팔이 점차 검은빛을 띠기 시작하더니, 이내 검은 재질로 된 의수로 변했다.

"아. 그래, 그래. 내 것 하나 만들면서 하나 더 만들어주기로 했지. 그건 뭐 그리 급할 것 없지 않나? 검선을 죽이고 나서 줘도 되잖아?"

"검선에게 우리가 죽을지 누가 아오? 지금 바로 낙양지부로 보내시면 될 거요."

"하! 안하무인이 따로 없군."

"천하에서 가장 안하무인이 많은 제갈세가 내에서 그 가문의 가주 자리를 꿰차고 앉아계신 능수지통께서 하실 말씀은 아니시오."

능수지통은 기가 찬다는 듯 입을 살포시 벌렸다.

"인정하지! 내가 인정하겠네. 정말 많이 늘었어. 어디서 따로 입씨름 교육이라도 받는 건가?"

피월려는 표정에서 힘을 풀며 차를 홀짝였다. 그러곤 자기도 모르게 그 맛없는 차를 가져와 한 모금 마셔 버렸다는 사실에 잠깐 놀랐다.

그가 말했다.

"몇 달 전까지만 해도 입씨름이라면 능수지통에게도 밀리지 않을 여자와 살다시피 했소."

제갈토의 얼굴에서 감정이 사라졌다.

"아, 그 빌어먹을 년 말인가?"

"그렇소. 당신 딸."

"내 딸이면 뭐 하나. 나뿐만 아니라 이 가문 전체의 뒤통수를 제대로 후려갈기고 도주한 년인데. 빌어먹을 년이지. 네놈도 조심해라. 천성이 어디 가겠나? 철석같이 믿고 있는 것 같은데, 네놈도 언젠가는 나처럼 당해서 네 스스로 빌어먹을 년이란 소리가 입에서 절로 나오게 될 테니."

"걱정 마시오. 어차피 나는 그 누구도 믿지 않소."

"아, 심검마께선 그 놀라운 심공으로 자기가 누굴 믿을지 믿지 않을지를 정할 수 있단 말인가? 대단하기 짝이 없어 놀랍기 이를 데 없군."

"……"

제갈토는 짝 소리를 내며 손을 모았다.

"좋아, 내가 만든 팔은 보내주겠네. 착용하는 설명서까지 전부 다 해서. 개미 새끼라도 글만 읽을 줄 알면 착용할 수 있게 말이야. 그리고 말 나온 김에 지금 당장 봉마술도 전부 없애주지. 혹시 또 있나? 내가 혹시라도 놓쳤으면 말씀해 보시게."

"그뿐이오."

제갈토는 양손을 펼쳐 피월려에게 뻗었다. 그러고는 마치 장난을 치는 것처럼 입으로 이상한 말을 중얼거린 뒤 다시 짝 하고 손을 모으곤 마구 비볐다.

"됐네! 자, 그럼 이제 본론으로 들어가 보세. 본론! 본론! 본론! 본론! 어떠한가? 준비되었는가? 응? 혹시 중간에 똥이라도 마려울 수 있으니 지금 가는 건 어때? 아니면 배가 고플 수 있으니 밥도 처먹고 와. 오가는 길에. 아아아아! 여행의 노고를 푸셔야지. 맞다. 암, 그렇고말고, 여독을 무시해선 안 되지. 꼭 쉬어야 해. 시녀를 불러줄 테니까 아예 한숨 자고들 오게나. 얼른! 넉넉히 생각해서 칠 주야를 퍼질러 자. 아니, 그냥 평생 자게. 그건 시녀를 쓸 것도 없이 내가 직접 도와주지."

피월려는 차를 전부 들이켜곤 대답했다.

"차나 더 주시오. 맛은 더럽게 없는데 참으로 묘하군."

"……."

제갈토는 피월려를 뚫어지게 쳐다봤다. 제갈토는 곧 자리에서 일어나 찻주전자를 가져왔다. 그가 찻잔에 차를 따르며 말했다.

"우선 시일을 맞춰보지. 우리가 만난 건 정확히 십육일 전 정오였지, 아마? 그 이후 나는 즉시 이곳으로 향했어. 검선이 분명 무당파에게 연락을 취해서 본 가를 공격할 것이라는 걸 예상했으니까. 그렇게 칠 일이 걸려 도착했고, 본 가는 이미 쑥대밭이 되어 있었지. 그 도사 놈들이 내 예상보다 두 시진이나 먼저 도착한 거야. 그래서 본 가의 진법을 발동시켜 오 할을 쓸어버렸고, 거기서 남은 자들 중 오 할은 치명상을, 또 거기서 남은 자들 중 오 할은 중상을, 또 거기서 남은 자들 중 오 할은 경상을 입고 운 좋게 멀쩡하던 놈들이랑 달아났네. 그러곤 낙양지부를 칠 때 검선 새끼를 잡으려고 유심히 봐둔 진법을 이 건물에 짜놓고 살아남은 식솔들을 이리로 옮겼네. 그리고 기다리고 있었지. 자, 자네들은 어떠한가?"

"천기를 읽는 능수지통께서 그런 실수를 하시다니, 놀랍소. 그리고 어쩐지 복도가 익숙하다 했소."

제갈토는 자기 머리를 검지로 툭툭 건드렸다.

"뭐, 아들놈을 잃고 나서 심계에 있어 조금 맛이 가긴 했어. 통 사람을 믿지를 못하겠어. 믿을 땐 믿어야 하는데 말이지. 뭐, 그래도 기문둔갑과 진법은 누구를 믿고 안 믿고 그런 게 없어서 실력은 그대로지. 그 낙양지부의 진법보다 더 진보된 걸 오 일 만에 구축했으니까. 내 자랑을 더 듣고 싶지 않거든 내 질문에 대답이나 하시게."

피월려가 설명했다.

"나는 여기 있는 마궁에게 쫓겼소. 아시다시피 제갈세가 앞까지 추격을 당했고, 어제는 거의 추살당할 뻔했소. 그러다가 이해관계가 잘 맞물려서 이렇게 같이 검선을 상대하기 위해 온 것이오."

"그 이해관계를 설명하게."

피월려는 누라를 손으로 가리켰다.

"후빙빙의 제자이오."

제갈토는 의외라는 듯 마궁을 돌아봤다.

"아, 그 철부황안?"

지금껏 말 한 마디 안 하던 누라가 공손히 물었다.

"사제지간은 아닙니다만, 비슷하긴 합니다. 혹 아십니까?"

제갈토가 위를 보며 기억을 떠올렸다.

"소싯적에 한 번, 적으로 만난 적 있지. 젊은 여자가 겉으로
는 무식하기 짝이 없는 도끼를 휘두르며 그 아래로는 은밀히
환술을 쓰는데 창의적이더군. 건방지게도 감히 내 뇌에 영감
을 주기까지 했지. 백도의 무학에선 절대 나올 수 없는 형식
이었으니까. 전혀 다른 두 분야에 보통 소질이 있던 게 아니더
니 결국 장로에 이르렀군. 그런데 궁을 쓰는 네가 철부황안의
제자라고?"

"제자 같은 겁니다."

"하여간 마인들이란, 참. 뭐… 아, 아깐 미안하게 됐네. 마인
이라 힘으로밖에 굴복시킬 수 없어서 그리한 것이니 너무 마
음 쓰지 말게나."

"……"

누라는 그의 스승을 뛰어넘는 좌도를 갖춘 제갈토에게 한

마디도 하지 못했다.

기문둔갑이나 환술 같은 분야를 전혀 알지 못하는 대부분의 무인들은 그것들을 막연하게 무공보다 아래로 두지만 누라는 그렇지 않았다. 후빙빙의 환술에 호되게 당한 적이 많기 때문이다.

그 이후부턴 궁이든 폭약이든 기문둔갑이든 죽는 놈이 약한 것이고 죽이는 놈이 강한 것이라 믿었다. 따라서 그녀가 전혀 방어할 수 없는 공격 수단을 가진 제갈토는 백도인이든 오대세가의 가주든 가장 먼저로는 강자일 뿐이고 그냥 함부로 할 수 없는 사람이었다.

피월려가 말했다.

"철부황안과 교주의 대립을 아실지는 모르겠소. 교주가 양패구상을 당하고 나서 철부황안이 본격적으로 교권을 노리기 시작한 모양이오. 하지만 양패구상이 거짓이라면 아마 철부황안의 신변도 위험할 것이오. 때문에 철부황안을 섬기는 마궁과 내가 행동을 같이하게 된 것이오."

제갈토는 턱을 매만졌다.

"그렇다고 해도 마궁이 자네를 도와 검선을 사냥해야 하는 이유는 없지. 그 말이 사실이라면 철부황안을 구하러 즉시 낙양지부로 가야 하지 않나?"

"우선 이곳에서 소식을 듣고 행동하기로 했소. 그리고 무작정 낙양에 가는 것도 좋지 않은 생각이고."

"아, 그래서 그 허술하기 짝이 없는 이유 때문에 스승인 철부황안이, 아니, 스승 같은 철부황안이 죽음에 처할지도 모르는데 여기 이렇게 계신 것이다?"

"······."

"······."

피월려와 누라는 말없이 눈길을 주고받았고, 제갈토가 그런 그들을 묘한 눈길로 번갈아 보았다.

제갈토가 툭하니 말했다.

"이해관계는 개뿔. 그냥 둘 다 무에 미친 것뿐이지. 검선과의 싸움이 그리 기대되나?"

"······."

"······."

촌철살인당한 피월려와 누라는 진짜 살인을 당한 것처럼 말이 없었다.

제갈토는 찻잔을 들어 목을 축인 뒤 느긋하게 말했다.

"나도 이것저것 잴 필요 없던 젊은 시절이 있었지. 하아, 뭐, 즐기게나. 원래 사람은 젊어서 배운 걸로 평생 써먹으며 사는 거라네. 자네들은 뭐 가진 게 목숨밖에 없으니 그것만 걸면 되지 않는가? 자기 목숨 하나 걸어서 입신을 맛보는 건 정말로 싸게 먹히는 거야."

피월려는 포권을 취했다.

"기회를 주신 것에 대해서 감사드리오."

"퍽이나 그러시겠지. 장난은 이쯤에서 그만하고 원래 하던 이야기나 마저 하세. 내 예상대로 검선이 회복하는 데 열흘이 걸렸고, 여기까지 오는 데 최소 삼 일이 걸렸다면 적어도 삼 일 전에 당도해야 해. 아마 밖에 있다면 아직까지 들어오지 못하는 건 내가 오 일 전에 펼쳐놓은 바로 이 진법 때문이야. 혹은 일단 제자들을 치료하고 있을 수도 있고. 피 뿌리는 걸 좋아하는 천살성 같은 놈이지만 제 사문은 아주 아끼거든."

피월려가 반박했다.

"그랬다면 하루 전 나와 마궁이 하늘에 이르는 마기를 풍겼을 때 제갈극보다 먼저 우리를 찾았을 것이오."

제갈토가 즐겁게 고개를 끄덕였다.

"그니까. 키힛."

"……."

"즉 검선은 아직 도착하지 않은 거야. 그 이유를 추측할 수 있겠나?"

피월려는 즉시 떠오르는 것을 말했다.

"낙양에 일이 생긴 것 아니오? 흑백대전일 수도 있소. 황궁에 힘이 사라진 이후로 언제라도 일어날 수 있는 일이니."

"그렇지. 하지만 그건 개방의 거지들도 할 수 있는 수준의 추측이지. 실망스럽군. 키힛. 더 생각해 보게. 그 안에서 정말로 일어나고 있는 일을."

피월려가 차를 한 모금 마시고 턱을 괬다.

"전과 똑같은 일이 일어나는 것 아니겠소? 교주와 검선이 자기에게 방해가 되는 세력끼리 싸움을 붙였을 것이오. 천마신교의 입장에선 철부황안을 주축으로 하는 세력이, 그리고 무림맹의 입장에선 향검을 주축으로 하는 세력이 말이오."

향검이란 말에 제갈토의 눈썹 하나가 위로 올라갔다.

제갈토가 찻잔을 내려놓으며 말했다.

"좋군, 좋아. 하지만 만약 그렇게 서로 붙었다면 너무 일방적이지. 무림맹에 향검을 주축으로 하는 세력이 얼마나 남았겠나? 또한 향검은 검선 새끼의 그 미친 사상에 질려서 뒤도 안 보고 화산으로 돌아갔어. 그러니 아마 무림맹 쪽이 금방 무너졌을 거야. 그랬으면 검선은 이미 이곳에 당도했겠지. 하루쯤 늦어서."

"철부황안이 교주에게 당해 철부황안의 세력이 약화되었다면 향검이 없는 향검 세력과 서로 엇비슷하여 싸움이 오래갈 수도 있소."

"같은 마교에 있으면서 더 모르는군. 철부황안이 병중에 있는 교주를 암살할 수 있는 성정의 사람인가? 아니야. 내가 본 그 여장부는 그런 치졸한 성격의 여인이 아니었지."

피월려가 확인하기 위해 말없이 누라를 보자 누라는 눈길을 회피하며 말했다.

"성격은 확실히 그렇습니다만… 동네 대장 뽑는 것도 아니고 본 교의 교권을 노리는 것이니 치졸한 방법을 썼을 수도……. 뭐, 모르겠습니다. 솔직히."

제갈토가 재빨리 말을 이었다.

"내 생각은 이러하네. 자네가 북쪽에서 발견되었다는 걸 알게 된 철부황안은 교주를 친 것이 아니라 무림맹을 쳤을 것이다. 낙양지부의 힘을 한데 모아서 말이야. 전 중원과 천마신교 내부에 그녀의 이름을 당당히 올리기 위해서지. 교주를 암살하는 것보다는 분명 이 방법을 택했을 것이네. 그리고 내가 입힌 상처로 인해 병중에 있던 검선이 그녀를 상대했을 것이야. 철부황안이 이겼다면 검선은 죽었을 것이고, 검선이 이겼다 해도 내상이 도져 치료가 늦어지는 것이지."

피월려는 제갈토의 말을 들으며 이상함을 느꼈다.

그가 물었다.

"말씀하는 것을 들어보니 낙양과 연락책이 없는 것이오?"

제갈토는 양손을 들어 올려 보이며 한탄하듯 말했다.

"이 건물에서 나가는 모든 전서구를 유풍살로 베어버리고 있어. 사람은 말할 것도 없겠지. 아마 검선이 도착하기까지 이 건물을 봉쇄해 놓으려 하는 것 같다. 그걸 보면 검선이 오긴

오는 것인데… 하여간 그들의 눈을 피해서 움직일 수 있는 사람은 나와 제갈극뿐. 나는 자리를 비울 수 없고 제갈극은 무공도 세상도 모르니 아무리 나라도 낙양의 소식을 들을 수 있는 방도가 없지."

"……."

"하지만 내 추측이 정확할 것이니 의심하지 말게. 그렇게 당해놓고도 아직 모르겠는가? 키힛."

"그래서 능수지통 어르신께서 말하고자 하는 바가 무엇이오?"

"간단하지. 우리가 선공을 하자는 것이야. 밖에 있는 무당파 새끼들을. 검선이 당도하기 전에 해야만 해."

"왜 직접 하시지 않고?"

"그새 귓구멍이 막힌 건가? 방금 내가 자리를 비울 수 없다는 말을 하지 않았는가? 참, 어린 친구가 벌써부터 귀가 어두워서 어찌하려고."

피월려는 그 이유를 알 것 같았다.

"오 일 만에 구축한 것이라 진법이 스스로 완전한 것이 아니군. 능수지통께서 계속 여기 자리해 있어야 해서 그런 거 아니오?"

제갈토는 주먹을 꽉 쥐어 피월려 앞에 보였다.

"할 수만 있다면야 식솔들을 학살한 그 도사 새끼들의 사지를 하나하나 뜯어서 삶아 먹었지. 하지만 내가 자리를 비우면 이 진법이 가동을 안 해. 그동안 이곳을 기습하여 식솔들을 죽일 수 있어."

"그럼 그렇게 기습하는 무당파 고수를 우리가 막겠소. 그러니 가서 마음껏 복수를 하고 오시오."

"진법은 사방팔방에서 방어가 가능하지. 하지만 검과 활은 그렇지 않아. 만에 하나 한 놈이라도 자네들의 눈을 벗어나 식솔들에게 검을 겨눈다면? 으으으, 어머니가 또 무슨 잔소리를 할지 상상하기도 싫군. 지금 내겐 어머니의 잔소리를 감당할 정신적 여유가 없으니 너 이상 제갈세가의 피를 허무하게 흘릴 수는 없어. 그러니 내가 방어하고 자네들이 나가야 해."

피월려가 잠시 고민하다가 말했다.

"추측이 틀려서 검선이 무당파 고수들을 치료하고 있는 것이라면 우린 발견되는 즉시 죽은 목숨이오. 능수지통의 기문둔갑이 없이는 말 그대로 일초지적(一招之敵)에 불과하오."

제갈토는 빙그레 웃으며 피월려의 말투를 따라 했다.

"나를 믿으시오, 심검마. 내 기문둔갑은 남들이 보지 못하는 것을 보여주오. 게다가 나는 총명함까지 있소. 지금 상황이 겉으로 보기엔 확실히 의심스러운 것을 알지만, 나를 믿으면 다른 결과를 보게 될 것이오! 오오! 오오오! 오오오오! 오오오오오! 오오……!"

"알겠으니 그만하시오."

웃음을 겨우 참아내는 누라를 보며 슬며시 미소 지은 제갈토가 설명을 계속했다.

"도사 놈들은 똑같은 내공을 익힌 놈들이라 서로가 서로에게 내공을 나누어주면서 중상을 입은 자도 빠르게 회복할 수 있지. 지금이 아니면 더욱 귀찮아질 거야. 그리고 또 그놈들을 모조리 학살해 봐야 검선도 이 철통같은 곳에 들어오고 싶은 마음이 더욱 강하게 들지 않겠는가?"

"……"

"검선과 싸우고 싶다면 나가서 무당파 고수들을 모두 죽여주게. 내가 극이는 빌려줄 수 있어. 마궁과 극이의 도움을 받으면 마기도 잘 숨길 수 있을 테고, 아무리 도사 새끼들이라도 당해내지 못할 것이야."

"적은 몇이나 남았소?"

"멀쩡한 건 둘, 경상 둘 정도, 중상 넷. 구 일이 지났으니 아마 중상을 입은 놈들도 다 회복했겠지. 그러면 여덟 명이라봐야 하지. 절정고수인 태극진인 다섯이서 펼치는 오행검진(五行劍陣)은 내공이 떨어질 때까지 한 명의 초절정고수와 호각을 이룰 수 있어. 검강도 빵빵 쓴다고! 그 합격진을 펼치기 전까지 기습하여 넷 이하로 줄이지 못한다면 꽤 힘들 수 있지만, 마궁과 극이까지 있으니 반각도 안 걸릴 거야. 키힛."

피월려는 잠시 고민했다.

"생각할 시간을 주시오. 어차피 우리도 회복해야 하니 시간이 걸릴 것이오."

"검선이 언제든지 찾아올 수 있다는 점을 상기하시게나. 그 뒤에 무당파 고수들까지 대동하면 정말 장담 못 해. 그리고 네 친우라는 놈에게 내가 만든 인공 팔도 보낼 수 없어. 제갈세가 밖으로는 나가본 적이 별로 없는 어린 극이가 그 팔을 들고 낙양까지 갈 순 없으니까. 그러니 그 무당파 놈들을 죽여줘야 모든 일이 잘 풀리는 거야."

모든 방법을 동원하여 설득하는 제갈토의 언변에 피월려는 혀를 내둘렀다.

말만 들으면 저절로 하고 싶다는 마음이 들 정도였다. 하지만 당장은 쉬는 것이 먼저였기에 피월려는 단호한 목소리로 말했다.

"몸을 다 회복할 때까진 답을 드리겠소."

대화의 끝을 알리는 피월려의 말투에 제갈토는 얼굴을 잔뜩 구기며 입을 한 번 내밀곤 자리에서 일어났다.

그러곤 손으로 검을 잡은 시늉을 하며 온몸을 찌르는 흉내를 내었다.

"그럼 푹 쉬어. 푸욱 쉬게나. 푹! 푹! 푹! 푸— 욱! 푸욱 말이야. 시비는 밖에 한 명 있을 테니 진법에 빠져 죽기 싫으면 잘 따라가. 진법으로 검선 새끼를 사냥하는 이야기는 밖에 도사 새끼들을 다 쳐 죽이고 나서 하도록 하지."

피월려가 일어서자 눈치만 보던 누라도 벌떡 일어났다. 그리고 방문을 나설 즈음에 피월려가 포권을 취했다.

"곧 뵙겠소."

"응, 응, 그래. 꼭 푹 쉬게! 푸욱!"

피월려를 따라 막 방문을 나선 누라가 마지막으로 본 광경은 제갈토가 불만이 가득한 표정으로 침상에 몸을 던지는 것이었다.

그들이 밖으로 나가자 궁장 차림의 시비 한 명이 그들 앞에 섰다.

"따르시지요."

주하만큼이나 얼굴에 감정이 없는 그 시비는 조금도 겁내지 않고 그 복도를 걸었다. 그들이 걷는 와중에 피월려가 그녀에게 물었다.

"혹 연무장 같은 곳이 있지 않소?"

시비가 걸음을 멈추고 피월려에게 말했다.

"연무장이라 하시면……."

"이 진법의 전신이라 할 수 있는 낙양지부에선 있었소. 거긴 천장이 없고 위가 외부로 뚫려 있었소."

시비는 듣자마자 딱 한 곳을 떠올렸다.

"아, 사핵(死核)을 말씀하시는군요? 그곳은 외부에서 침입할 수 있게끔 의도적으로 열어온 함정 입구입니다. 생로와의 연결이 완전히 차단된 곳입니다."

"어차피 하늘이 보인다는 건 진법의 영향에선 자유롭다는 뜻이니 다시 밖으로 나가는 건 지장이 없지 않소?"

시비는 잠시 생각했다.

"거기서 복도로 들어오지만 않는다면 말입니다. 하지만 위험하지 않겠습니까?"

"그쪽으로 데려다 주시오. 그곳에서 지내겠소."

시비는 누라의 눈치를 살피면서 물었다.

"진심이십니까?"

"진심이오."

"하지만 전 그곳까진……."

피월려가 말을 잘랐다.

"제갈극을 불러주시오. 그 정도는 충분히 조작할 수 있겠지."

피월려의 말이 맞는지 시비는 한동안 말이 없었다.

그녀가 침묵을 깼다.

"불러오겠습니다. 일단 복도에 계신 건 위험하니 임시로 가까운 방까지만 안내하겠습니다."

그녀는 그렇게 피월려와 누라를 한적한 방으로 안내했다.

그녀가 사라지고 얼마 지나지 않아 제갈극이 나타났다.

그는 새끼손가락으로 귀를 후벼 파며 말했다.

"왜 하필 거기서 지내겠다고 해서 본좌를 이리도 귀찮게 만
드는 것이냐?"

피월려가 말했다.

"비무할 곳이 필요해서 그랬소. 또 오 일 만에 만든 진법이
니 내부에서 천마급 마기를 마음껏 내뿜었다간 어떤 영향이
일어날지 모르지 않소?"

"그도 그렇지만 사핵에서 마기를 내뿜으면 외부에서도 느껴
질 것이니라. 거긴 건물 안에서 외부와 연결된 유일한 곳이다.
이 건물의 꼭대기까지 그대로 뚫려 있는 곳이지. 아마 천마급
마기를 내뿜는 즉시 하늘에 닿을 것이니라."

"그럴 줄 알고 부른 것이오. 아직 우리 둘 다 회복이 필요하
니 저번처럼 제갈극 선생께서 도와주셔야 하오. 하늘에서 태
양의 기운을 받아 회복력을 극대화시킬 것이오."

누라는 결국 '선생'이라는 말에서 참지 못하고 웃음을 터뜨
렸다.

제갈극이 그런 그녀를 노려보면서 혀를 찼다.

"쯧쯧쯧, 회복에 있어 그 어떤 내공도 따라오질 못하는 마
공을 익혔으면서 진법의 도움을 받아 회복력을 더욱 증폭하
려 하다니… 그러다가는 수명이 줄어드느니라. 이젠 네놈도

꺾이는 나이가 되었으니 노후를 생각해야지."

피월려는 옅은 미소를 지었다.

"수명은 이미 오래전에 포기한 것이오."

"어리석은 것."

"안내나 해주시오."

"흥!"

제갈극은 그 짧은 다리를 연신 움직이며 빠르게 걷기 시작했고, 피월려와 누라는 서둘러 그를 따라 움직였다.

한 식경 정도가 지나자 구 낙양지부의 연무장을 그대로 빼다 박은 듯한 곳이 나왔다.

다만 다른 점은 나무로 된 무기들은커녕 아무것도 전시되어 있지 않다는 점이다.

제갈극이 그 중심에 서서 말했다.

"운이 좋아. 아직 중천에서 태양이 많이 떨어지지 않았다. 어서 와서 운기하거라."

피월려와 누라는 제갈극 양옆에 가부좌를 틀고 앉아 운기를 시작했다.

곧 그들의 몸에서 천마급 마기가 흘러나오기 시작했고, 제갈극은 기문둔갑을 사용하여 그 마기를 밖으로 나가지 못하게 가두는 한편 태양에서 뿜어지는 기운은 모두 한곳에 모아 피월려에게 집중시켰다.

그러자 피월려의 몸에서 극양의 마기가 진득하게 흘러나왔다.

피월려는 그것을 소소를 통해 중화하여 빨아들여 태극음양마공의 마기를 몸에 가득 채웠다. 또한 그 일부는 누라의 콧속으로 들어가 그녀의 회복력을 비약적으로 상승시켜 온몸 구석구석에 잔재하는 부상이 모조리 치료되기 시작했다. 그 와중에 생기는 두 마기의 마찰은 제갈극이 기문둔갑을 이용하여 최대한 억제시켰다.

그들은 그렇게 이튿날 저녁이 될 때까지 마공을 운기하여 몸과 마음, 정신의 상태를 최고조로 만들었다.

제구십이 장(第九十二章)

피월려가 처음 눈을 떴을 때 보이는 것은 많지 않았다. 이미 해가 져서 달빛과 별빛만이 미약하게 연무장을 비추고 있을 뿐이었다. 그러나 빛에 금방 적응한 두 눈은 서서히 주변의 윤곽을 느낄 수 있었고, 그의 앞에는 쉴 새 없이 중얼거리며 기문둔갑을 펼치고 있는 제갈극이 있었다.

피월려는 주변에 은은하게 퍼진 그의 마기를 소소를 통해 모두 흡수했다. 그러자 제갈극이 말을 멈추더니 곧 눈을 뜨고 깨어났다.

그가 숨을 깊이 내쉬며 말했다.

"질려 버리겠군. 본좌가 평생 본 무인의 모든 내공을 모아도 네게 비견할 수조차 없겠구나."

그의 평생이라 해봤자 많이 쳐줘도 십일 년이고 그가 본 무인이라고 해봤자 정식 무공을 익히지 않은 제갈세가의 무인뿐이다.

피월려는 굳이 이 점을 꼬집지 않았다.

"수고했소, 제갈극. 지금까지 잠도 자지 못하고 끼니도 때우지 못했을 텐데… 미안하게 되었소."

제갈극은 고개를 위로 꺾으며 팔짱을 끼었다.

"됐다. 본좌는 태어날 때부터 선인과 같이 소식하고 소면(小眠)하느니라. 모태에서부터 단 한 번도 수경신(守庚申)을 쉰 적이 없으니 하루쯤 밤을 새는 건 일도 아니지."

피월려는 혈적현이 설명한 도가의 사상 중 수경신에 대해서 들은 것이 있었다.

다만 혹시라도 마공에 저해될까 자세한 내용은 이해하지 않고 기억으로만 남겨두었는데, 어릴 적 단편적으로 귀넘어들은 정도는 알고 있었다.

그가 물었다.

"정해진 날에 잠을 자지 않는 걸로 알고 있는데, 그걸 모태에서 어떻게 하였소?"

제갈극은 자기 머리를 툭툭 건들면서 말했다.

"당연히 기문둔갑으로 하였지."

"제갈세가가 그토록 도가 사상을 신봉하는 줄 몰랐소."

피월려의 말에 제갈극은 눈을 가늘게 떴다.

"설마 오로지 진실만을 추구하는 제갈세가가 그따위 도사들이 믿는 허무맹랑한 사상 때문에 수경신을 할까!"

"그럼 왜 하는 것이오?"

"수경신을 하여 밤을 새면 정신이 현실과 이면의 경계를 넘나든다. 이를 통해 정신이 이면의 것에 익숙해져야만 뛰어난 진법가가 될 수 있느니라. 모태에서부터 수경신을 쉬지 않으면 혼이 현실에 완전히 녹아들지 못하고 이면의 것을 잊지 않기에 이면의 것을 다루는 기문둔갑에 특출한 재능이 생기지. 미 누님을 보면 알 텐데?"

"제갈미를?"

"미 누님은 그 특이한 체질 때문에 단 한 번도 숙면을 취한 적이 없다. 언제부턴가는 식사도 하지 않으셨지. 모르느냐?"

"알고 있소. 하지만 내 덕분에 양기를 공급받아서 이젠 정상적으로 생활하오."

제갈극은 즉시 고개를 흔들었다.

"불가능해."

피월려가 물었다.

"그것이 무슨 뜻이오?"

제갈극이 설명했다.

"천음지체의 육신은 근본적으로 죽은 것이다. 그것이 회복되는 건 죽은 사람이 부활하는 것과 진배없다. 정해진 날을 넘겨 버리면 그대로 끝. 회복이란 게 존재할 수 없느니라. 그리고 미 누님은 이미 그 시일을 넘겼다. 너를 만나 가문을 떠나기 전에도."

"……."

피월려는 반박하려 했지만 그 반대의 예를 찾을 수 없었다. 진설린은 죽어서 생강시가 되었고, 이명공주는 양기만 탐하다 죽음을 맞이했으며, 류서하는 정해진 날이 오기 전에 연한신공을 익혔다.

오히려 류서하의 말을 생각해 보면 제갈극이 하는 말이 더 진실에 가까울 확률이 높았다.

그렇다면 왜 제갈미는 마치 모든 것이 회복된 것처럼 지금껏 거짓말을 했을까?

피월려가 대답을 찾으려는 사이, 누라가 그에게 다가왔다. 이미 운기조식을 마치고 한 곳에 우두커니 선 채로 깨달음을 곱씹고 있던 그녀는 피월려와 제갈극의 수다를 듣고 상념에서 깨어난 것이다.

"일어나자마자 무슨 수다를 그렇게 떠십니까, 피 대주?"

피월려는 그를 부르는 마궁의 말에 그녀를 돌아보았다. 어딴지 모르게 불타오르는 그녀의 눈을 본 피월려는 상념에서 벗어나 현 상황에 집중했다.

"몸은 어떻소?"

마궁이 웃으며 말했다.

"모두 회복했습니다. 혹 실례가 안 된다면 부탁 하나 해도 되겠습니까?"

"물론 비무는 언제든지 환영이오."

"아닙니다. 어차피 비무는 해봤자 제가 천마에 이르렀다는 걸 확신할 수 없죠. 오로지 생사혈전만이 제게 확신을 줄 겁니다."

"그렇다는 뜻은?"

누라는 손가락으로 하늘을 가리켰다.

"밖에 있는 무당과 고수들을 제가 처리하겠습니다. 엄호만 해주십시오."

자신감 넘치는 목소리에 피월려는 그녀를 위아래로 한번 훑어보았다.

"정말이오? 그들은 모두 절정급일 것이오. 만에 하나 마궁께서 천마에 이른 것이 아니라면 생명을 장담할 수 없을 것이오."

"상관없습니다."

"……."

"부탁드리겠습니다."

피월려는 제갈극을 보았다. 제갈극도 피월려를 따라 누라를 위아래로 훑어보며 말했다.

"하도 너희들이 쉽게 쉽게 내뱉어서 의미를 망각한 모양인데, 생명이란 단어의 의미를 까먹은 것이 아니냐?"

누라는 눈, 코, 입을 가운데로 모으며 제갈극을 놀렸다.

"우우웅, 우리 제갈극 어르신께서는 저 밖의 무당과 고수들이 무섭나 봐요?"

제갈극이 질색하며 시선을 돌렸다.

"으으! 징그럽도다! 보아하니 바로 나갈 생각인 것 같은데, 마기를 숨기는 건 본좌가 알아서 하지. 가서 개죽음이나 당하지 말거라."

누라는 표정에 옅은 미소를 담으며 제갈극에게 말했다.

"잘 부탁한다, 꼬맹아."

"……"

"피 대주께서는 어떠십니까?"

피월려는 고개를 끄덕였다.

"바로 나가도 좋소."

"그럼 갑시다!"

누라는 갑작스레 보법을 펼쳐 제갈극 뒤에 나타나더니 그를 번쩍 안아 들었다. 그러자 제갈극은 괴상한 소리를 지르며

버둥거렸는데, 누라는 그런 그를 더욱 껴안으면서 경공을 펼쳐 위로 솟아올랐다.

이에 피월려도 소소를 품에서 꺼내면서 경공을 펼쳐 뒤따라 올라갔다.

탁 하는 소리와 함께 도착한 저택의 꼭대기에선 한눈에 제갈세가의 전각이 모두 보였다.

어렴풋이 보이는 그 전각들 사이사이에선 아직도 꺼지지 않은 불씨의 미미한 빛이 마치 밤하늘의 별처럼 군데군데 빛나고 있었다.

그때까지도 바둥거리던 제살극은 순간 볼을 때리는 찬바람에 설마 하는 생각으로 슬쩍 주변을 보았고, 그의 앞에 펼쳐진 광경에 안색이 핼쑥하게 변했다.

그는 즉시 누라의 품에 머리를 박아 넣으며 오히려 자기가 먼저 누라의 팔을 꽉 붙잡았다. 그러나 그 와중에도 마기가 새어 나가지 않는 기문둔갑에는 흔들림이 없어 피월려와 누라의 몸에서 새어 나오는 마기가 전혀 주변으로 퍼지지 않고 있었다.

피월려는 머리를 움직이며 사방팔방을 용안심공으로 둘러보는데, 아직 반도 채 보지 못했을 때 누라가 물었다.

"꽤 잘 숨었는지 어디에도 보이지 않습니다. 피 대주께선 보입니까?"

피월려가 대답했다.

"아직 다 보지 못했소. 탐색에 뛰어난 안공(眼功)을 익히신 것 같소?"

누라는 한 번 더 주변을 파악하며 중얼거렸다.

"궁사들에게 안공은 필수입니다."

피월려는 그 말에 떠오르는 것이 있었다.

"혹 내 보법을 간파한 것이 심공이 아니라 안공이었소?"

"모르셨습니까?"

"심공이라 막연히 생각했소."

누라는 정척(正脊) 끝에 조각된 천궁학(天宮鶴)의 머리 위에 왼쪽 다리를 올려놓았다. 그리고 허리를 구부리면서 눈가로 손을 가져가며 한곳을 응시했다.

"재밌군요. 언제 한번 비교나 해봅시다. 이봐, 극 어르신. 잠시만 마기를 막지 말아봐. 저놈들이 먼저 공격을 해야 내가 정확히 위치를 알 수 있을 것 같으니."

가슴에 얼굴을 파묻고 있던 제갈극이 슬며시 누라를 올려다보며 말했다.

"지, 지금 마, 말이냐?"

"어. 그리고 팔 좀 놔줄래? 활을 못 쏘니까."

"……."

"내 허리에 팔을 두르면 되잖아."

"아, 알겠다."

제갈극은 이상하리만큼 누라의 말에 고분고분 따랐다.

그렇게 마기를 막던 제갈극의 기문둔갑이 사라지자 누라의 몸에서 은연중 흘러나오는 마기의 잔향이 전 방향으로 뻗어 나가 제갈세가 전체를 덮었다.

사실 천마급 마인은 가만있어도 주변 사람이 오금을 저릴 정도로 마기를 은은히 뿜어내며, 정식으로 운기조식을 하거나 임전 태세를 갖추면 하늘에 이르고 주변 산을 넘어서까지 그 마기의 잔향을 퍼뜨리는 것이 보통이다.

다만 누라는 그녀가 익힌 마공 특성상 마기를 잘 발산하지 않았기에 마공을 끌어 올렸음에도 제갈세가를 덮는 정도로 그친 것이다.

피월려는 용안심공 덕분에 평소에는 마기를 매우 적게 발산하는 편이지만, 한번 마공을 제대로 운용하기 시작하면 누구도 따라오기 어려울 만큼 가공할 양의 마기를 내뿜는다.

그가 서서히 태극음양신공의 마기를 끌어 올리자 안 그래도 제갈세가 전체를 짓누르고 있던 마기가 한층 더 강해져 벌레들조차 땅속으로 숨어들기 시작했다.

이 정도면 제갈세가 주변 곳곳에 숨어 있는 무당파 고수들을 자극하기엔 충분했다.

누라의 귀에까지 그녀의 미소가 걸렸다.

"옵니다. 앞에서 막아만 주십시오."

피월려가 눈을 들어 누라의 시선을 따라가 보니 그곳에선 사선으로 시야를 자르는 바람이 날아오고 있었다. 건물이 베인 것처럼 보이던 검선 이소운의 것과는 비교도 할 수 없을 만큼 보잘것없었지만 그 근본은 같은 것이었다.

그는 금강부동신법을 펼쳐 누라와 제갈극이 있는 정척을 팔각(八角)으로 둘러싸고 있는 수척(垂脊) 중 한 곳에 올라섰다.

한 발을 내디뎌서 정척을 보호하듯 팔각수척을 연결하는 쇠사슬의 팽팽함을 대충 파악한 뒤 날아오는 유풍살을 향해 소소를 휘둘렀다.

심검으로 펼친 낙성은 유풍살의 궤도를 완전히 꺾어 하늘로 보내 버렸다.

빛도 소리도 없었다.

그 광경에 마음을 뺏겨 버린 누라는 화살을 제때 쏘지 못했다.

"볼 때마다 느끼는 건데, 심검이라는 이름을 누가 지었는지 그보다 더 좋은 이름이 없는 것 같습니다."

피월려는 연달아서 날아오는 유풍살을 연속해서 쳐내면서 누라에게 말했다.

"평은 나중에 해도 되지 않소?"

"죄송합니다."

누라는 즉시 머리로 손을 가져가 머리카락을 뽑았다. 그리고 유풍살이 날아온 곳을 유심히 보며 무당과 고수들의 모습을 포착했다.

당장 보이는 것은 다섯으로 그들은 유풍살이 피월려의 심검에 의해서 휘는 것을 보고도 믿지 못하겠는지 연속해서 유풍살을 날리고 있었다.

그러면서 자연스레 오각형의 모습을 취했는데, 어느 순간부터 그들이 쏘는 유풍살이 그 오각형의 중심으로부터 연속적으로 쏟아지기 시작했다.

오행검진의 중심으로부터 꼬리에 꼬리를 물고 쏟아지는 유풍살은 마치 검기로 된 사나운 바람과도 같았다. 하나의 검기와 그 뒤의 검기가 겹쳐지기도 하고, 뒤의 검기가 앞의 검기를 추월하기도 했으며, 때로는 길게 이어져 한 개의 긴 곡선으로 변하기도 했다.

무엇이 먼저이고 무엇이 나중이며, 또 하나인지 둘인지 구분이 불가능한 검기 다발.

그 정도로 난잡한 검기가 백 장의 거리를 넘어 장대비처럼 다가오고 있었다.

이를 본 누라는 도저히 인간이 방어할 것이 아니라는 생각에 피월려에게 외쳤다.

"조심하십시오!"

피월려는 대답 대신 작은 미소만 지었다.

그리고 그는 소소를 꺼내 들고 심검으로 검무(劍舞)를 추기 시작했다.

그러자 그의 심검 끝에 닿는 모든 검기가 하늘로 솟아올랐다.

쏟아지는 검기를 별빛 삼아 한 편의 아름다운 검무를 추는 피월려의 모습은 흡사 하늘 높이 바람을 보내는 무녀가 풍신(風神)에게 제사를 지내는 것 같았다.

이를 멍한 눈길로 바라보던 누라는 눈을 질끈 감으며 정신을 차렸다.

피월려가 방어를 하는 동안 그녀가 공격을 해야 했기 때문이다.

누라는 머리카락을 지팡이에 걸고 내력을 불어넣었다.

그렇게 화살이 활을 떠날려는 찰나, 그녀의 손에서 점차 힘이 빠졌다.

동시에 화살도 머리카락으로 돌아가 버렸다.

"……."

누라는 무당파 고수들을 공격할 수 없었다. 적을 보고 있어야 할 그녀의 눈동자가 피월려에게서 도저히 떨어지지 않았기 때문이다.

소리도 나지 않고 보이지도 않는 심검을 휘두르며 유풍살의 궤도를 완전히 빗겨가게 하는 피월려.

누라는 침을 삼켰다.

그녀가 제갈극에게 말했다.

"피 대주랑 있어."

"뭐?"

누라는 갑자기 제갈극을 옆에 던져놓고 앞으로 보법을 펼치며 치고 나갔다.

그러자 오행검진의 중심에서 쏟아지던 검기 다발이 누라의 뒤를 맹렬하게 쫓아갔다. 그녀가 갑자기 뛰쳐나가는 것을 본 피월려는 그녀에게 돌아오라 소리치고 싶었지만, 중심을 잃은 제갈극이 떨어질 것 같아 말을 삼키고 서둘러 그에게 다가가야 했다.

제갈극이 그들이 올라온 구멍으로 막 떨어지려는 찰나 피월려는 간신히 그의 등 자락을 잡을 수 있었다. 얼굴의 핏기가 완전히 가신 채 피월려의 왼팔에 붙들려 대롱대롱 매달려 있는 제갈극은 당장에라도 구토를 쏟아낼 것 같은 목소리로 말했다.

"저, 저년이… 으……."

그를 집어 든 피월려는 천궁학 조각 위에 살포시 올려놓았다. 그러곤 사방을 둘러보며 누라를 찾았는데, 그녀는 이미 목소리가 닿을 수 없는 먼 거리에서 보법을 펼치며 움직이고 있었다. 그리고 무당파 고수들도 그녀를 보곤 활발히 움직이면서 오행검진을 펼쳤다.

둘 다 피월려를 안중에도 두지 않고 전력을 다해 서로에게 유풍살과 화살을 쏘고 있었다.

피월려는 마기를 최대한 갈무리하며 제갈극에게 말했다.

"내 마기와 모습을 숨겨주시오."

제갈극은 눈을 질끈 감고 조각에 착 달라붙은 채 입을 겨우 열었다.

"…왜? 마, 마궁은?"

"호승심을 이기지 못한 듯하오. 나는 이 싸움에 끼어들 수 없소."

"뭐, 뭐라? 그, 그래도 도, 도와줘야 하지 않느냐? 명색이 같은 마교……."

"아니, 절대 그럴 수 없소. 누라가 스스로 천마임을 확신할 때까지."

"그게 무슨……?"

"그것이 마도(魔道)이오."

"……."

"어서!"

피월려의 갑작스러운 외침에 제갈극은 울먹거리는 표정으

로 겨우 조각에서 양손을 뗐다. 그러곤 몇 번이나 앓는 소리를 내면서 기문둔갑을 펼쳤다.

몇 번의 시도 끝에 피월려의 모습과 마기가 사라지며 장내에는 누라의 그것만이 남게 되었다.

*　　　　　*　　　　　*

쉬이이익―!

쉬이이익―!

세차게 부는 바람은 누라의 귓가를 끊임없이 괴롭혔다. 그것을 타고 날아오는 유풍살도 매한가지였다.

서걱―! 팟! 팍!

서걱―! 팍! 팟!

누라가 잠시라도 호흡을 고르려고 서 있던 곳은 예외 없이 유풍살에 의해 난도질당했다. 그녀가 옥척(屋脊) 위에 조각된 십이신장(十二神將) 돌상을 하나씩 밟고 이동하니 자연스럽게 그 돌상의 목들이 베어져 버려 흡사 귀신이 놋된 장난을 한 것처럼 변했다.

누라는 화살을 쏘며 그들을 견제했다. 어둠에 숨을 수 있는 기회를 찾아 헤맸다. 그러려면 우선 한곳에 정지해야 한다. 그러나 쉴 새 없이 유풍살을 날리는 무당과 고수들은 조금도 기회를 주지 않았다.

누라는 틈날 때마다 화살을 쏘면서 그녀의 안공으로 무당파 고수들을 자세히 보았다.

"생긴 걸 보면 전부 삼십도 안 된 것 같은데 무슨 내력을 저렇게 써대지?"

그녀의 안공은 내력의 흐름을 그대로 보여준다. 그것을 통해서 보니 유풍살을 쏘아 보내는 무당파 고수들의 내력에는 전혀 막힘이 없어 보였다.

마치 마공을 익힌 것처럼 그 막대한 양의 검기를 쏘는 데 전혀 내력에 부담이 없는 듯했다.

누라는 지붕 반대편으로 넘어가 기왓골 사이에 몸을 뉘었다. 그리고 어둠을 부르는데 반대편에서 들리는 퍽퍽 하는 소리가 귓가에 맴돌아 도저히 집중할 수가 없었다.

혹시 몰라 옆으로 스리슬쩍 움직였는데, 그 순간 그녀가 있던 부분의 지붕이 그대로 사선으로 베어지면서 옆으로 무너져 내렸다.

쿠구궁!

서 있던 부분의 지붕이 무너지는 와중에도 유풍살은 계속 날아왔다.

연속으로 베어지는 탓에 지붕을 이루던 돌과 나무가 먼지처럼 변하고 있었다. 만약 누라가 그 소리를 무시하고 저 속에서 어둠을 불렀다면 똑같이 먼지로 화했을 것이다.

검기를 무식하게 무작정 쏘아 거대한 건물의 지붕 한 부분을 그대로 베어버리고 먼지로 만들어 버리는 솜씨는, 도저히 절정고수들의 작품이라고 생각하기 어려웠다.

무당파의 태극진인.

같은 인원의 다대다(多對多) 싸움에선 천마신교가 자랑하는 흑룡대와 호각이라는 말에는 거짓이 없는 듯했다.

누라는 가슴을 쓸어내리며 중얼거렸다.

"백 장은 떨어진 곳에서 검기를 쏜 걸로 저택의 지붕을 무너뜨리다니… 진짜 유풍실은 사기 중의 사기야."

손발이 떨려올 정도의 긴장감에 그녀의 팔 끝은 끊임없이 흔들렸고, 누라는 그것을 직접 눈으로 보고서야 자기가 긴장했다는 것을 깨달았다.

그녀는 보법을 펼쳐 정척 위로 모습을 드러냈다. 어둠을 불러오려고 하다간 목숨을 내놓아야 할 수도 있기 때문이다. 차라리 날아오는 유풍살을 직접 눈으로 보고 피하는 것이 더 낫다는 판단이 섰다.

누라는 정척에 조각된 사자 돌상을 발로 차면서 돌상들의 머리를 차례대로 탔다.

그 와중에 안공으로 무당파 고수들을 보는데 그 시야가 이미 일곱 조각으로 잘려 있었다.

세 개의 유풍살이 벌써 반 이상 날아오고 있었던 것이다.

팍! 파팍! 팍!

그녀가 움직이는 선을 따라서 그대로 박혀 버린 유풍살은 나무로 된 정척을 조각내며 거친 소리를 내었다.

그녀의 발과 유풍살이 박힌 지점은 점차 짧아져 곧 그녀의 다리를 동강내 버릴 것 같았다.

정척 끝에 도달한 누라는 다리에 힘을 가득 줘서 다른 저택으로 몸을 날렸다.

"후우, 내가 날 믿어야 해."

제갈토에 의하면 남은 건 절정급의 무당파 고수 여덟. 그중 다섯이 합격진을 펼치면 일시적이지만 초절정과도 비견될 수 있는 무력을 뽑아낸다.

만약 누라가 천마에 이르지 않았다면 그들 중 한 명과 싸워도 장담할 수 없는 싸움이니 여덟이라면 말할 것도 없었다.

아니, 이르렀다 하더라도 이제 막 천마가 된 그녀에게 이것은 버거운 싸움이다.

탁.

다른 저택의 기왓장 위로 착지한 누라는 마기로 안압을 증가시켜 양 눈에 혈액을 가득 모았다. 그러자 그녀의 눈알 위로 퍼져 있는 혈관들이 하나둘 터지면서 혈액을 뿜어냈고, 그녀의 하얀 눈알은 핏빛으로 물들기 시작했다.

그녀는 구결을 읊으면서 쿵쾅거리는 심장을 진정시켰다.

"시시망망사궁시공(視時茫茫死弓矢功) 찬생점(鑽生點), 후우, 일체유점(一切有點)……."

누리는 몸을 꼿꼿이 세우고 그녀에게 날아오는 유풍살을 보았다. 그러자 밤하늘을 두 조각내며 날아오는 유풍살 중심에 붉은 점 하나가 생겼다.

누라는 머리카락을 뽑아 활에 걸었다.

"성공 못 하면 필사(必死). 그래도 이 정도는 돼야 벽을 넘는 거지."

마음을 다잡은 그녀가 활시위를 놓자 붉은빛이 활에서 쏘아져 유풍살의 중심을 꿰뚫어버렸다.

그것은 화살에 담긴 강기(罡氣), 즉 시강(矢罡)이었다.

콰광! 콰광!

중앙이 깨져 버린 유풍살 조각 두 개가 마궁 양옆으로 떨어졌다.

그 위력이 얼마나 센지 그녀가 서 있던 전각의 기왓장을 모두 갈라놓는 것으로도 모자라 정척까지 모조리 베어버렸다. 건물이 흔들리는 것을 느낀 누라는 서둘러 보법을 펼치면서도 요동치는 마음을 다스렸다.

그녀는 평소에도 항상 마기를 제어했다. 마음이 요동치는 이유가 마기가 폭주하는 것이 아니라는 것쯤은 즉시 알 수 있었다.

그것은 그녀가 느끼는 흥분에 같이 즐거워하는 그녀의 마기였다.

그 유풍살을 깨뜨릴 정도의 강기.

그런 것을 화살에 담고도 이리 편안하다니…….

지금껏 성공하기는커녕 시도만 해도 몸의 기혈이 터져 버릴 것만 같던 수법을 드디어 성공했다. 그렇게 하고도 몸에 아무런 무리가 따르지 않는다.

누라는 자기도 모르게 입에 미소를 그렸다.

"화살에 강기를 담았으니 궁의 유일한 약점이 사라진 것! 이것이 천마가 아니면 무엇이 천마일 것인가!"

누라 스스로가 천마임을 확신하며 크게 외치자 밤하늘에 가장 높은 곳까지 이르는 마기가 그녀의 몸에서 일시에 뿜어졌다.

그녀는 보법을 펼쳐 그녀 주변에서 가장 높은 곳으로 뛰었다.

탁.

다른 건물의 높게 솟은 정척에 선 그녀는 거만한 눈빛으로 지상을 내려다보았다. 멀리서 오행검진을 펼치던 다섯의 무당파 고수들은 그 가공할 기운에 넋을 잃고 그 광경을 멍하니 볼 수밖에 없었다.

뒤로는 검은 구름에 가린 새하얀 보름달이 있다. 검은 머릿결이 차가운 밤바람에 살랑거린다.

누라는 새하얀 이를 드러내며 웃었다. 그리고 혈광(血光)이 뿜어지는 두 눈동자로 무당파 고수들을 주시했다. 마치 붉은 빛을 내는 반딧불 같은 것이 그 눈에서 나와 이리저리 공중에 흩날렸는데, 이는 맥박이 뛸 때마다 망막의 혈관을 뚫고 뿜어지는 그녀의 혈액이었다.

투둑, 툭, 두루룩, 투두룩!

쏴아아아, 쏴아아아!

때마침 하늘에서 비가 내리기 시작했다.

비가 선사하는 한기에 무당파 고수들은 거친 호흡을 내뱉었다.

누라가 활에 화살을 걸자 무당파 고수들도 정신을 차리고 검에 내력을 불어넣었다. 그러면서 오행검진을 다시 가동하여 어떤 화살이 날아와도 막을 수 있는 방어진을 형성했다.

다만 그들이 몰랐던 건 그들 중 한 명의 미간에 이미 붉은 점이 생성되었다는 것이다.

누라가 활시위를 놓자 그 활에서 붉은빛이 뿜어져 무당파 고수의 미간을 꿰뚫었다.

"커억!"

갑자기 옆에서 단말마를 내지르며 쓰러지는 동문을 본 네 명의 무당파 고수는 순간 할 말을 찾지 못하고 누라와 그 동문을 번갈아 보았다.

도저히 막을 수 없는 속도로 쏘아진 빛을 직접 눈으로 보고도 믿을 수 없었기 때문이다.

찰나 후, 상황을 파악하자 그들의 몸에서 엄청난 살기가 뿜어져 누라에게 집중되었다.

누라는 범인이라면 즉시 기절했을 법한 살기를 받으면서도 얼굴 표정 하나 바뀌지 않았다.

그때 어디선가 무당파 고수 한 명이 새로이 나타났다. 그들은 다시 오행검진을 펼치면서 별을 그리듯 움직이기 시작했는데, 갑자기 그 정중앙에 유풍살의 크기를 수 배 늘려놓은 것 같은 것이 생성되었다. 내력의 흐름을 직접 눈으로 보여주는 안공을 익힌 누라는 그것이 강기로 뽑아낸 유풍살임을 알 수 있었다.

곧 그 거대한 유풍살이 누라를 향해 날아오기 시작했다.

거대하면서 느리게 날아오는 그 유풍살은 오히려 그렇기 때문에 어디로 피해야 하는지 감이 잡히질 않았다. 누라는 위로도 한 발, 아래로도 한 발 움직여 봤지만 그 유풍살이 그녀를 따라 움직이는 것 같은 기분을 느꼈다.

그것은 마치 땅 위에서 어디로 움직여도 해와 달이 따라오는 것과 같은 느낌이다. 다만 다른 점이 있다면 유풍살은 확실히 서서히 다가오고 있다는 것이다.

속도를 떠나서 피할 수 없는 것.

누라는 그것을 누구보다도 잘 알았다.

그녀가 화살에 담는 이치가 바로 그것이기 때문이다.

누라는 이를 아득 물고는 온몸의 마기를 긁어모아 그녀가 만들어낼 수 있는 가장 강력한 강기를 화살에 담으려 했다.

그런데 갑자기 옆에서 '탁' 하는 소리가 들렸다. 누라가 돌아보니 피월려가 있었다.

"내가 보기에 천마에는 오르신 것 같은데, 본인은 어떻소?"

누라는 왼손으로 주먹을 쥐어 보이며 말했다.

"확신했습니다."

피월려는 금강부동신법을 펼쳐 앞으로 훌쩍 뛰면서 말을 남겼다.

"그럼 되었군."

세상을 가르는 유풍살에 몸을 내던진 피월려.

그는 소소를 꺼내 들곤 심검의 끝으로 낙성의 묘리를 펼쳤다.

거대한 유풍살과 심검이 닿자 이 세상의 것이 아닌 소리가 제갈세가에 퍼졌다.

치이이이이잇!

마치 얼음 위에 달군 쇠를 올려놓은 것 같은 소리다. 낙성에 의해서 유풍살의 궤도가 바뀌고 있는 와중에, 유풍살의 크기가 너무나 커서 한쪽이 오목하게 들어가게 돼버려 그 안에 빗물이 뭉쳐 흐르며 괴기한 소리를 낸 것이다.

세상의 반을 가르던 유풍살은 그렇게 하늘로 빗겨 날아갔다.

피월려가 기왓장에 착지하곤 툭하니 말했다.

"유풍살이 좋은 자극이 되었군. 천마에 오르신 것을 축하드리오."

"……."

할 말을 찾지 못하는 누라를 보고 피월려가 피식 웃었다. 그는 무당파 고수들이 있는 쪽으로 고개를 돌리며 말했다.

"도주하려는 것 같소."

누라가 내려다보니 무당파 고수들은 오행검진을 풀지 않은 채로 서서히 그들과 거리를 벌리고 있었다.

누라가 시큰둥하게 말했다.

"천마가 둘인 걸 깨닫고 저러는 것 아니겠습니까? 확실히 빠른 상황 판단이긴 합니다만……."

"무당파스럽지는 않지."

"아까의 살기를 느끼셨습니까?"

"저들이 마인인 줄 알았소. 그 정도 살기였다면 바로 달려들었을 텐데……."

누라는 피월려가 말한 의구심에 동의하며 눈을 게슴츠레 떴다.

"자기 동문을 그렇게 끔찍이 사랑했다면 저렇게 도망가겠습니까? 그러니까 그 살기는 동문의 죽음으로 인한 슬픔 때문이 아니라 그냥 내공의 성질이 그런 겁니다. 그리고 한 놈을 죽였더니 갑자기 한 놈이 튀어나왔습니다. 진짜 이상하지 않습니까?"

피월려가 대답했다.

"전에 은허(殷墟)에서 암공을 쓰는 무당파 고수를 본 적이 있소. 새로 보충된 태극진인들이 그처럼 모두 암공을 익혔다면 이는 무당파가 본연의 색을 버린 것이 확실하오. 또한 합격진으로 그 거대한 유풍살을 펼칠 때는 일시적으로 내력이 증폭하는 것 같았소. 마치 마공처럼 말이오."

누라는 유풍살에 집중하느라 그런 세세한 점까진 못 느꼈다. 그녀는 이상하다는 듯 고개를 갸웃했다.

"정말입니까?"

"그렇소. 마궁께서 그것을 보지 못한 건 의외이오만?"

"……"

"일단 저들을 추살해야 하지 않겠소? 내가 달려들어 다리를 붙잡아놓을 테니 뒤에서 죽이시오. 한두 명 정도는 정보를 위해서 살려두는 것이 좋겠소."

누라는 고개를 끄덕이며 말했다.

"합격진은 초절정도 상대할 수 있다 했으니 방심하면 안 됩니다."

"물론이오."

피월려는 경공을 펼쳐 무당파 고수 쪽으로 움직였다.

그제야 누라의 옆에 모습을 드러낸 제갈극은 말없이 그저 누라를 응시하고 있었다. 그것이 신경 쓰인 누라가 신경질적으로 말했다.

"뭘 그리 쳐다보니?"

제갈극은 빗물에 젖은 머릿결에 가린 이마를 올리며 말했다.

"그 눈, 신기하구나."

"진짜 신기한 건 저거지."

턱짓으로 가리킨 곳에선 피월려가 심검을 이용하여 무당파 고수들의 검기를 받아내고 있었다. 뿐만 아니라 합격진의 중앙에서 뿜어지는 강기도 단칼에 그대로 베어버리면서 무당파 고수들을 압박해 나갔다. 그러나 다섯 명이 오행검진을 펼쳐 그를 직접 맞닥뜨리고 있으니 피월려도 승기를 잡지는 못했다.

누라가 머리카락을 활에 걸자 그들 중 한 명의 미간에 붉은 점이 생겨났다.

제갈극이 슬그머니 말했다.

"본좌가 예상하는데, 가만 놔둬도 이길 것이다."

누라가 시위를 놓자 붉은빛이 그 고수의 미간을 꿰뚫었다.

그러자 어디선가 나타난 또 다른 무당파 고수가 즉시 그 빈자리를 메웠다.

"오래 걸리니까. 그리고 혹시라도 부상을 당하면 안 되지."

"그렇군."

제갈극의 말은 이상하게 힘이 없었다.

누라는 적혈안공으로 다시 상황을 주시하다가 다시 머리카락을 하나 뽑아 활로 가져갔다.

"뭐야? 왜 이렇게 풀이 죽어 있어?"

그녀가 화살을 놓자 또 한 명이 정수리에서 피를 뿜으며 쓰러졌다.

역시 또 한 명이 나타나 빈자리를 메웠다.

제갈극이 말했다.

"인정하고 싶지 않았지만 인정할 수밖에 없는 사실을 깨달았기 때문이니라."

누라는 다시 머리카락을 활시위에 걸었다.

"뭘? 네가 애라는 거?"

제갈극이 몸을 툭툭 털어내며 일어섰다.

"무공이 기문둔갑보다 아래 있지 않다는 걸."

누라가 화살을 놓자 또 다른 고수가 머리에서 피를 뿜었다.

더 이상 나타나는 무당파 고수는 없었다.

그렇게 오행검진은 깨졌고, 그 즉시 피월려의 심검에 의해 다른 두 명의 고수가 목이 잘렸다. 그리고 연속해서 휘두른 검에 남은 두 명은 오른팔을 잃었다.

제갈극이 말없이 누라에게 다가가 그녀의 허리를 양팔로 붙잡았다.

누라가 말했다.

"아이고, 귀여워라. 이렇게만 있으면 참 좋은데 말이야."

"……."

제갈극이 도발에 응하지 않고 가만히 있자 오히려 더 머쓱해진 누라는 괜스레 귀를 매만진 뒤 그를 들고 경공을 펼쳐 피월려에게로 다가갔다.

그들이 다가오는 것을 본 피월려는 소소를 품에 넣으며 말했다.

"나도 고문에 일가견이 있지만 제갈세가에는 보다 참신한 방법이 있겠지. 제갈극 어르신이 괜찮으시다면 부탁하겠소."

장난기 넘치는 피월려의 표정을 본 제갈극은 얼굴을 굳혔다.

"알겠다."

"……."

그답지 않게 짧게 답변을 한 제갈극은 터벅터벅 피월려를
지나쳐 오른쪽 팔에서 피를 흘리고 있는 무당파 고수들에게
다가갔다.

피월려가 몰래 그의 뒤를 손가락으로 가리키며 누라를 보
자 누라는 말없이 어깨를 들썩였다.

*   *   *

천마신교 흑룡대(黑龍隊).

그들은 오십여 명의 마인으로 이뤄진 특공대(特攻隊)이다.
특공대란 오로지 공격을 위한 부대라는 뜻으로 그들은 지키
는 곳도, 머물러야 하는 곳도 없다. 그러니 전투에 임하는 데
있어 그들의 발목을 붙잡는 것이 전혀 없다.

그런데 거기에 더해서 지마급 고수들이 일개대원으로 있다.
지마에 오르면 마공의 안정성과 삶의 편안함이 보장된다. 천
마신교의 어느 부서, 어느 집단에서도 충분히 수장을 할 수
있다.

그런 걸 모두 저버릴 정도로 전투에 목말라 하는 광인들만
흑룡대에 있다.

돈도 필요 없다. 직위도 필요 없다. 명예도 필요 없다. 그저
공격, 공격, 공격. 그러니 특공대라 불리는 것이 무엇보다 잘

제구십이장(第九十二章) 91

어울렸다.

광동, 광서, 운남, 귀주, 호남, 강서, 복건까지 이르는 천마신교의 영향 아래에선 그들이 표방하는 강자지존에 의해서 무림의 질서가 잡혀 있다. 그렇기 때문에 천마신교는 강자지존의 율법을 강행할 수 있는 힘의 상징이 필요했고, 그 상징은 상징에서 끝나는 것이 아닌 실질적인 무력을 지닌 자들이어야만 했다. 그들이 바로 흑룡대이며, 이들은 천마신교 본부의 무력을 대변하는 자들이다.

그곳의 일원인 마궁은 셀 수 없이 많은 싸움에 임했다. 위의 일곱 성뿐만 아니라 더 먼 곳까지 파견된 적도 많았다. 천마신교의 명령에 정면으로 반하는 간 큰 놈들부터 마성에 젖어 범인들을 학살하고 다니는 대마두나 간교한 계략을 써서 강자지존의 율법을 더럽히는 자들까지 산에서, 들에서, 바다에서, 평지에서, 한 명과, 여러 명과, 한 부대와, 한 문파와 수도 없이 싸웠다.

그런 수없이 많은 전투 경험을 한 누라는 인간으로서는 도저히 눈 뜨고 볼 수 없는 흉측한 광경을 보면서도 밥을 먹을 수 있었다.

그런 누라가 고개를 돌렸다.

피월려는 이미 반대편 먼 산을 보고 있었다.

뒤에서 들리는 사각거리는 소리는 두 명의 천마급 마인에게 소름을 돋게 만들었다.

피월려가 보던 먼 산을 같이 보면서 누라가 물었다.

"저게 어린아이가 맞습니까?"

피월려가 대답했다.

"명봉에게 들었는데, 제갈가에선 생체실험을 아무렇지도 않게 한다고 들었소. 그녀는 실제로 장기와 근육의 기능을 기문둔갑으로 대체하는데 그것 또한 생체실험의 결과로 얻은 것이라 했소. 그렇기에 고문도 잘할 것이라 생각했는데… 저 정도일 줄은 몰랐소."

제갈극의 고문은 피월려와 누라도 전혀 상상할 수도 없는 창의성이 돋보였다.

고문이 예술이라면 제갈극의 고문은 바라보는 것만으로도 황홀경에 들어설 수준이었다.

그는 먼저 기문둔갑을 이용하여 신체의 기능을 대신하여 생명을 유지시켰다. 그리고 신경과 뇌를 조작하여 육신적 한계로 인해서 사람이 느낄 수 있는 최고의 고통을 뛰어넘는 고통을 선사하고 있었다.

하지만 그것도 그가 주는 정신적인 고문에 비하면 새 발의 피였다. 인체의 기능 자체를 조작하는 기문둔갑으로 그 두 명은 이미 자기 자신을 완전히 잃어버렸다.

망가질 대로 망가져 원하는 대답에 답을 줄 수 없을 지경이

다. 그러나 그조차도 고쳐 버리면 그만이라 제갈극의 손길에
는 거침이 없었다.

누라가 숨을 살짝 내쉬었다.

"왜 본 교에서 고문에 기문둔갑을 이용할 생각을 못했는지
의문이 들 정돕니다."

피월려가 말했다.

"고문에 기문둔갑을 이용하는 거라기보다는 그저 알고 있
는 기문둔갑으로 고문을 흉내 내는 것 같소. 그뿐이지만… 확
실히 무섭기 짝이 없군."

"혹시라도 토사구팽을 당해 저렇게 고문을 당한다면… 솔
직히 자신 없습니다."

"그건 나도 마찬가지요."

"……."

"……."

"낙낙사마공(落樂死魔功)을 알려 드릴까요?"

즐거움에 떨어지며 죽는 마공이라……. 피월려는 정중히 사
양했다.

"이름을 들어보니… 뭔지 알 것 같소. 괜찮소."

"언제 적에게 사로잡힐지 모르는 마인들은 이런 거 하나쯤
익혀둡니다."

"됐소. 나는 끝까지 포기하지 않는 성격이라 그런 걸 익히

고 싶지 않소."

누라는 숨을 내쉬었다.

"후우, 뭐, 정 그러시다면."

피월려는 순간 든 생각에 그녀를 돌아봤다.

"그런데 전에 나에게 패배하고 죽이라고 할 땐 그걸 펼치지 않았잖소?"

"그야 피 대주께서 절 죽일 생각이 없다는 걸 확신했으니까요."

"……."

"죽여라, 죽여라 했지만, 솔직히 진심은 아니었습니다."

"그랬었군. 대단하시오."

"생사의 갈림길에 별장을 지어놓고 날씨 좋을 때마다 한 번씩 들리는 인생입니다. 죽음의 냄새쯤은 맡을 줄 알지요. 그 정도는 별거 아닙니다."

피월려는 왠지 진 것 같았지만, 내색하지는 않았다.

그들이 수다를 떠는 사이 제갈극이 손을 툭툭 털며 자리에서 일어났다.

그의 앞에는 상체 두 개가 맞붙어 이뤄진 하나의 몸뚱이에 팔 네 개와 다리 네 개가 붙어 있고, 머리가 앞뒤로 나 있는 괴상한 괴물이 전신에서 피를 뿜어내며 죽어 있었다. 피월려와 누라는 그 거대한 거미와도 같은 것에 최대한 시선을 두지 않으려 했다.

제갈극은 인간의 몸에서 나올 수 있는 모든 체액으로 인해 더럽혀져 있었다.

제갈극은 한적한 곳에 눈을 감고 서서 양팔을 벌리고 하늘에서 떨어지는 빗물에 몸을 맡겼다. 그러자 기묘한 기문둔갑이 발동되면서 그의 머리에서부터 더러운 모든 것이 아래로 흘러내리기 시작했다.

곧 빗물 말고는 아무것에도 젖지 않은 몸이 된 제갈극이 묘한 눈길로 그를 바라보고 있는 피월려와 누라에게 말했다.

"정보 공유는 전투에 영향이 있는 최소한에서 할 것이다. 이를 위해 먼저 가주와 상의해야 하니 우선 안으로 들어가야 하느니라."

"……."

"……."

원래라면 누라가 그를 비꼬았을 것이다. 그러나 누라는 이상하게도 목까지 올라오는 말을 삼킬 수밖에 없었다.

피월려도 조목조목 따져가며 제갈극의 말에 반발했을 것이다. 그러나 자꾸만 그 거미 몸뚱이로 눈동자가 움직이는 탓에 할 말을 찾지 못했다.

그 정도로 상당한 충격이었다.

제갈극이 앞장서서 스무 걸음 이상을 걷는 동안에도 피월려와 누라는 걸음을 떼지 못했다.

서로를 보면서 동시에 침을 꿀꺽 삼킨 그들은 천천히 걸음을 옮기기 시작했다.

그때였다.

우르르, 쾅!

우르르, 쾅쾅!

순간적으로 시야가 두 번 밝아지면서 두 개의 번개가 제갈세가의 건물 하나에 꽂혔다.

피월려의 걸음이 멈췄다.

"왜 그러십니까?"

누라의 물음에도 피월려는 한참을 가만히 있다가 곧 앞으로 내달리며 말을 남겼다.

"제갈극을 보호하시오."

"예?"

그 순간이었다.

쿠르룽!

번개가 떨어졌던 건물의 상층에서 갑자기 번쩍거리며 또 다른 번개가 나타났다.

보통의 번개와 다른 점이 있다면 하늘에서 시작된 것이 아니라 지붕에서 시작되었다는 것과, 땅에서 끝나는 것이 아니라 피월려의 검에서 끝났다는 점이다.

그 환한 뇌전 속에서 뒤쪽으로 쭉 밀려 나는 피월려를 보고 누라는 보법을 펼쳐 그를 향해 뛰었다. 곧 그를 받아서 그 속도를 저지하곤 같이 땅에 착지했다.

피월려가 누라에게 말했다.

"고맙소."

누라가 물었다.

"적입니까?"

그 순간에 또 번개가 쳤다.

우르르, 쾅쾅!

이번에는 누라도 똑똑히 보았다.

검을 높이 쳐든 채로 번개를 맞고도 멀쩡히 살아 있는 것을 넘어서 그 뇌기를 검신에 담아내는 검객을.

반 토막이 나 있는 그의 검은 황색의 기운을 거칠게 두르고 있었다.

피월려는 몸을 부르르 떨며 몸에 남아 있는 뇌기를 풀어냈다.

"종남신검인 듯하오. 보아하니 여기까지 쫓아와 놓고 비가 올 때까지 기다렸군."

누라는 종남신검이란 별호를 귀에 따갑게 들었다.

"종남파의 장문인 종남신검 태을노군 말입니까? 그런데 기다렸다니, 그게 무슨 뜻입니까?"

"저자 또한 무에 미친 자이오. 입신에 들 수 있다면 영혼이라도 팔 사람이지. 그렇기에 기다린 것이오. 비가 많이 내려 자신의 무공을 한계까지 최고조로 뽐낼 수 있으면서 그 이상의 적을 상대할 수 있는 순간을."

"……."

"천마인 우리 둘을 상대로 저리 당당히 싸움을 거는 걸 보시오. 아무리 비가 내려 그가 익힌 검공의 한계가 확장되었다곤 하나 도박은 도박이지."

누라는 깊은 미소를 지으며 머리카락을 뽑았다. 동시에 그녀의 눈이 붉게 물들기 시작했는데, 처음부터 전력을 다할 생각인 것 같다.

"재밌는 놈이군요. 내력의 흐름으로 봐서 저 뇌전은 좌도로 인한 것은 아닌 것 같습니다."

"전에 종남의 무학 중 태을이 뇌기를 다루는 것이라 들었소. 하지만 꼭 좌도가 아니라고 말할……."

"그럼 혼자서 상대해 보겠습니다."

피월려는 고개를 흔들었다.

"검선이 오는 중이오. 그러니 저자는 최대한 피해 없이 죽여야 하오."

"저리 싸움을 걸어오는데 전심으로 맞상대하지 않으면 예의가 아니지요."

"우리에겐 제갈극이 있소. 뇌전을 상대로는 기문둔갑이 무공보다 훨씬 쉬울 것이오."

"저게 뭐 이상한 사술이 아니라 무공이라고 하지 않았습니까? 그럼 같은 무공으로도 충분히 상대할 수 있을 겁니다."

누라는 당장에라도 뛰쳐나갈 것 같았다.

피월려는 그녀 앞에 서서 진중한 목소리로 말했다.

"마궁, 지금은 아니오."

누라가 그보다 더 낮은음으로 으르렁거리듯 물었다.

"뭐가 말입니까?"

"호승심을 죽이시오. 입신에 든 검선이 오고 있소. 그와 전심으로 싸우는 것이 더……."

누라는 피월려의 말을 잘랐다.

"그러니 더더욱 저자를 홀로 죽이겠다는 겁니다. 초절정도 못 죽이면서 입신을 상대할 수 있겠습니까?"

피월려가 팔 하나를 올려 그녀의 앞길을 막았다.

"자만하지 마시오. 자만하게 되면……."

누라가 다시 한번 말을 잘랐다.

"저것이 사술이라면 저도 상대할 생각 없습니다. 능수지통 앞에서 자제하는 모습을 바로 옆에서 보지 않았습니까? 저도 누가 넘을 수 없는 강자인지는 확실히 분별할 줄 압니다. 염려하는 바는 이해합니다. 그러나 전 지금 자만한 게 아닙니다.

자만했다면 저것이 사술이든 뭐든 무작정 달려들었을 겁니다. 저자의 뇌공(雷功)이 무공이기에 상대하겠다는 겁니다."

"……"

피월려는 말을 하지 않았고 팔을 내리지도 않았다.

누라의 얼굴이 일순간 일그러졌다.

그녀는 손을 뻗어 뇌전에 휘감겨 있는 태을노군을 가리켰다.

동시에 그녀의 몸에서 강렬한 살기가 뿜어졌는데, 태을노군을 향한 것보다 피월려를 향한 것이 더 강했다.

누라는 다른 손으로 자기 가슴을 치며 외쳤다.

"오히려 저자를 보십시오, 심검마! 저자는 지금 우리를 기다리고 있습니다! 기다리고 있다고! 우, 우리가, 후우, 합공하기를… 기다리고, 후우, 있다고. 눈을 떠! 눈을 뜨고 봐! 자만한 건 내가… 내가 아니라! 내가! 아니라! 저 백도 나부랭이 새끼야!"

누라는 피월려를 잡아먹을 듯 바라보았으나 피월려는 전과 다름없는 눈빛으로 누라를 마주 볼 뿐이었다.

그의 눈동자는 한없이 고요했다.

이를 본 누라는 마음속에서 소용돌이치는 분노가 그곳으로 빨려들어 가는 것을 느꼈다.

거친 숨이 잦아들며 누라는 고개를 아래로 숙여 피월려의 눈길을 피했다.

조용한 말이 그녀의 입에서 흘러나왔다.

"제가 천마에 오른 이상 피 대주께선 제게 명령을 내리실 위치가 아닙니다."

"……"

"행여나 방해하신다면 제 화살을 상대하셔야 할 겁니다."

누라는 고개를 들었다.

붉게 물든 눈빛.

서늘하기 짝이 없는 미소.

그 얼굴을 마주한 피월려는 그녀를 설득할 방도가 없다는 걸 깨달았다.

피월려가 팔을 내리며 말했다.

"방해하지 않겠소."

피월려의 말이 끝나기가 무섭게 누라는 코웃음을 치면서 한쪽 입꼬리를 올렸다.

"흥! 애처럼 천둥 번개가 무섭거든 안에 계십시오. 저자의 구멍 난 심장을 가져올 테니. 그땐 약조대로 용안심공을 넘기셔야 할 겁니다."

퍽.

누라는 피월려의 어깨를 치곤 빠른 속도로 보법을 펼쳐 앞으로 나갔다. 그녀는 동시에 화살을 활시위에 걸며 즉각 만반의 태세에 돌입했다.

피월려는 그가 말한 대로 가만히 서서 누라의 뒷모습을 응시했다.

그런 그의 옆에 제살극이 섰다.

제갈극이 말했다.

"불 속에 뛰어드는 불나방이 딱 저것이로다."

"……."

"가자꾸나. 같이 죽을 생각이 아니라면."

"……."

"저런 거랑 같이 싸우다간 오히려 네가 죽느니라. 잘 알 텐데?"

"……."

"왜 미련을 못 버리는가? 자기 미래를 보는 것 같아서 그런가? 아니면 과거?"

"……."

피월려는 말없이 몸을 돌려 걸었다.

제갈극은 한 번 더 도발하려 했으나 피월려의 굳은 얼굴에서 미세한 떨림을 보고는 입을 다물었다.

그 이후 피월려는 단 한 번도 누라와 태을노군의 싸움을 보지 않고 앞만 보고 걸었다.

만약 조금이라도 봤다간 스스로도 주체하지 못할 것을 알았기 때문이다.

그저 묵묵히 걸음을 옮길 뿐이다.

번개가 내리쳤다.

그것이 자연적인 번개이든 인위적인 번개이든 사방을 환하
게 하며 피월려의 앞길을 밝혀주었다.

쿠르릉! 콰광!

무(武)가 무엇이기에?

쿠르릉!

저리도 사람을 미치게 만드는가?

쾅!

나는 어떠한가?

쿠르릉!

미쳤다면 저들 사이에서 이미 검을 놀리고 있었을 것이고.

우르르 쾅쾅!

미치지 않았다면 봉마술이 깨진 즉시 기회를 보아 도주했
을 터.

쿠르릉!

나는 뭐지? 왜 저 싸움에 끼어들지 않지? 왜 검선을 마주하
고자 이 짓을 하는 거지?

쿠르릉!

모르겠다, 모르겠어.

쾅쾅!

제갈토가 기문둔갑을 짜놓은 그 큰 저택 앞에 선 피월려는 사색에 잠겨 있었다. 제갈극이 생로를 열 때까지 그는 사색에서 나오지 않았다.

"열렸느니라. 들어오너라."

제갈극이 앞장서자 피월려는 처음으로 고개를 들어 누라를 찾았다.

누라는 공중에 붕 뜬 채로 하늘에서 떨어지고 땅에서 솟아나는 두 번개를 동시에 맞으면서 새까만 재로 변하고 있었다. 그녀는 대자로 몸을 뻗은 채 사정없이 사지를 떨더니 결국 자기의 분신인 마궁을 땅에 떨어뜨렸다.

쿠르릉!

또 한 번의 번개가 재로 변한 누라에게 떨어졌고, 이번엔 그 남은 재마저도 모조리 타올라 먼지로 화했다. 곧 먼지는 하늘에서 떨어지는 빗물에 섞여 사라졌고, 누라가 있던 곳에는 아무것도 남지 않게 되었다.

"무(無)… 허무(虛無)."

짤막한 감상평을 남긴 피월려는 기문둔갑 안으로 모습을 감췄다.

*   *   *

제갈극은 피월려를 제갈토에게 안내했다.

방 안에 들어서니 제갈토는 전처럼 현금을 연주하고 있었다. 그런데 이상하게도 아무런 소리가 나지 않았다. 심취한 표정과 현란한 손놀림을 보면 연주하는 것이 분명한데 아쉽게도 그의 음악을 밖으로 표현해 줄 현(絃)이 현금에 걸려 있지 않았다.

제갈극이 조용한 목소리로 피월려에게 말했다.

"진법을 조정하고 계시느니라. 잠시 기다려라."

"종남신검이 진법에 들어왔소?"

"호승심이 뭐라고, 쯧. 그놈도 웃기는 놈이지."

피월려는 방 한편에 있는 의자에 앉으면서 말했다.

"무현금(無絃琴)은 처음 보는군."

제갈극은 다소 진지한 눈빛으로 그것을 바라보았다.

"많은 사람들이 백우선(白羽扇)을 본 가의 가보로 착각하나, 본 가의 진정한 가보는 바로 저 무현금이니라."

"이름이 무엇이오?"

"무현금 그대로다."

"……"

"저것을 연주하노라면 심력이 배가 되며 영감(靈感)이 찾아오길 쉬지 않는다."

혼들림 없는 눈빛으로 그것을 응시하는 제갈극을 보며 피월려가 웃었다.

"탐나시오?"

"아니, 언젠간 저절로 내 것이 될 것인데 탐을 내서 무엇 하겠느냐?"

"제갈세가가 그때까지 건재하다면 말이오. 검선을 상대한다면 정말 멸문당할 수도 있소."

제갈극의 눈동자가 살짝 흔들리더니 땅으로 향했다.

"만약 본 가가 멸문을 당한다면 그것은 검선에 의한 것이 아닐 것이니라."

"그럼?"

탁!

무현금을 때리며 연주를 끝낸 것처럼 보이는 제갈토가 눈을 번쩍 떴다.

그가 피월려에게 다가오며 제갈극에게 손짓했다. 제갈극이 제갈토 옆으로 걸어갔다.

제갈토가 말했다.

"밖에 꽤 쓸 만한 실력을 가진 술사가 있는지 비를 내리는 것도 모자라서 감히 내 기문둔갑을 풀려 했어. 시간만 많았다면 좀 가지고 놀았을 텐데 우리가 급한 사정이 있지 않나? 그래서 무현금까지 써가면서 반술(反術)을 펼쳐 그놈의 뇌를 푹 익혔지. 아마 소금을 치지 않아도 될 정도로 맛있게 익었을 거야. 자, 잡설은 그만하지, 극아?"

제갈극은 검지와 중지를 쭉 펴곤 제갈토의 관자놀이에 대었다. 그러곤 어떤 주문을 중얼거렸는데, 둘 다 눈을 감고 그 안에서 눈알을 이리저리 굴려댔다.

반각의 반 정도가 지나자 제갈토가 기지개를 켰고, 제갈극은 피월려 옆에 자리했다.

피곤하다는 듯 눈을 비비며 제갈토가 말했다.

"역시 예상대로군. 하지만 이로써 확신을 얻게 되어 일말의 가능성조차 사라졌으니 마음이 극히 편해! 참으로 수고했다, 극아. 멍청하기 짝이 없는 네 아버지에게서 네가 나온 건 정말 기적이야. 그 쓸잘머리 없던 놈이 뒈지기 전에 한 계집질이 우리 집안을 살릴 줄이야. 천기를 읽는 나도 기대하지 않았어. 그래도 천한 년은 손도 안대는 그 이상한 성벽 때문에 핏줄이 더럽혀지지 않아서 다행이야."

제갈극이 포권을 취했다.

"아닙니다, 가주 어르신. 이것이 다 가주께서 친히 저를 교육하시어서 그나마 사람 구실을 하는 것 아니겠습니까? 만약 아니었다면 제 아버지처럼 개망나니가 되었을 겁니다. 부전자전이라고, 그 아버지에게 그 아들이 나오는 것이 세상의 이치이니 말입니다."

피월려는 나오려는 헛웃음을 간신히 흘리지 않았다.

제갈토가 말했다.

"가문의 후계가 네놈밖에 살아남지 않았다고 너무 광오해지지는 마라. 내 양물이 죽은 지는 오래이나 그 기능을 대신하는 기문둔갑이야 수백 개는 알지. 게다가 여자도 구하기 쉽지. 네 아비 시녀가 조금 예쁘장하다고 질투하다 결국 정신병에 걸려 자결한 네 어미보다 뛰어난 여자라면 아마 저 대로 한복판을 지나가다 한 명 낚아채도 될 거야."

제갈극이 포권을 거두면서 말했다.

"뭐, 가주 어르신께서 그리하신다 해도 제게 별다른 영향은 없습니다. 제 경쟁자가 될 남아를 많이 낳으면서도 미 누님과도 같은 여아도 여럿 같이 낳으시겠지요. 그러면 천수를 다 누리지 못하고 서둘러 편안한 곳으로 가시게 될 것입니다. 가는 길에 미 누님 같은 여식들이 남동생이나 오라비를 죽여서 제 경쟁자들을 없애줄 터이니 논리적으로 봤을 때 제가 가주가 되는 것에는 영향이 없습니다."

"……."

"……."

침묵 속에서 피월려는 한마디 안 할 수 없었다.

"설마 했소."

제갈토가 그를 돌아보며 말했다.

"뭘 말인가?"

"친족끼리도 그렇게 대화할 줄은 몰랐다는 말이오."

"우리 집안에선 이게 평상시의 대화일세. 외부인이 보기엔 조금 이상할 수도 있지."

"조금 말이오?"

"내가 보기엔 내 가솔이나 범인이나 큰 차이는 없는데, 범인이 보기엔 내 가솔들도 한 머리들 한다고 하니까 그 전제하에서 말해주지. 총명한 사람들끼리 대화하는 거라 무식한 놈들이 따라오긴 조금 벅차. 키힛. 이해하게나. 식솔 전체가 비상식적으로 영리하니 자연스레 자기 진심을 비꼬면서 드러내는 문화가 본 가에 자리 잡았어. 안 그랬다간 의심에 오해에… 결국 분열로 이어지지."

"……."

"극이가 고문으로 알아낸 무당파에 관한 정보를 알려주지."

제갈토가 꺼낸 본론에 피월려가 먼저 물었다.

"마공을 익힌 것이 맞소?"

"역시 심검마! 잘 봤다. 마공을 익혔지. 그 정순한 무당파의 무공을 어떻게 그렇게 마공화시켰는지가 가장 의문이지만 그 안정성 또한 대단한 것 같다."

피월려가 턱을 괴었다.

"정순하기로는 손꼽히는 화산파의 내공심법도 마공화가 가능했소. 실제로 존재하기도 하며 익힌 사람도 많소. 마(魔) 그 자체에 반하는 기운을 가진 소림파의 무공을 제외하면 그 어떠한 무공도 마공화가 가능할 것이오."

"그래도 정순한 무당파의 내공을 마공화하는 데는 각고의 노력이 들어갔을 텐데? 너무 쉽게 이룬 것 같은 느낌이군."

피월려가 반박했다.

"정순한 내공을 익힌 자일수록 역혈지체를 이루기 쉽소. 내공이 탁한 흑도인들은 몇 달이 걸리는 것에 반해 구파일방의 제자들은 며칠이면 가능하오."

제갈토가 눈초리를 찌푸렸다.

"최근 들어 날 무시하는 인간들이 너무 많아졌는데 심검마조차도 그중 하나로 전락하다니 참으로 안 되었군. 내가 영안까지 만들어서 선물한 때가 얼마나 지났다고 다시 그런 수준으로 떨어졌는가? 내가 그 사실을 모를 것 같나? 내 말은 사람을 말하는 것이 아니고 무당파의 무공 자체를 마공화시키는 데 들어간 노력을 말하는 것일세."

"……."

제갈토가 말을 이었다.

"더욱 놀라운 점은 무당파 고수들에게서 마기가 안 느껴져 그들이 마공을 익혔는지 오늘까지도 확신이 없었다는 것이야. 이러한 정황이 최근에 들어 나타난 것을 보면 무당파에 마공이 스며들기 시작한 것도 꽤 최근에 일어난 일이라는 것인데, 나는 이상하게도 검선이 이 일의 주동자로 느껴진다는 말이지. 혹 아는 것 없나?"

"알고 묻는 것이오?"

"대충은."

어차피 한 배에 탄 이상 피월려는 진실을 말하기로 마음먹었다.

"그는 팔십 년 전 본 교에서 파견된 첩자였소. 어린 나이부터 철저하게 교육받아 무당파에 입문하여 그 정보를 본 교에 넘기는 임무를 맡았소. 그런데 어느 날 회심하게 되었고 첩자임을 스스로 고백했는데, 무당파에서는 그를 내치기는커녕 그의 참회를 도왔다 하오. 이에 감동한 그는 수십 년간 정공에 매진하여 지금의 검선이 되었다 들었소."

제갈토가 입을 벌리더니 주먹으로 자기 손바닥을 때렸다.

"아! 그래서 그놈이 그렇게 되었군!"

"아는 것이 있으면 말씀해 주시오."

제갈토는 자세를 뒤로 하며 과거를 회상했다.

"내가 젊을 적의 일이다. 그땐 나도 후기지수였고 그놈도 후기지수였지. 오십 년 전이던가? 아니지. 육십 년은 더 되었어. 하여간 승승장구하던 그놈이 돌연히 폐관수련을 한다기에 들어가기 전에 용봉끼리 만나서 밥 한번 먹었다. 그것도 낙양에

서. 키힛! 그러곤 십 년 전쯤에 튀어나오더니⋯ 당대 천하제일
고수와 비무하다 결국 그녀 죽이곤 그 자리를 차지했지. 폐관
수련한 이유가 바로 그것이었어."

피월려는 나지오의 경우를 생각하며 말했다.

"아마 그동안 무당파의 무공에 맞는 마공을 개발했을 것이
오. 역혈지체로는 애초부터 무당파에 입문할 수 없었을 테니
정상적인 몸으로 마공을 지니고 입문했을 것이고, 따라서 점
차 젖어드는 마성을 어찌할 수 없었을 것이오. 이를 지우기
위해서도, 혹은 발전시키기 위해서라도 오랜 세월을 폐관수련
했어야만 하오."

피월려의 말에 일리가 있다고 느낀 제갈토가 상을 한 번 치
며 말했다.

"하! 그놈이 입신에 들어선 것도 그 때문인가 의심되는군.
마공과 정공의 결합 같은 그 허무맹랑한 일을 정말로 해낸 것
인가? 그렇기에 입신에 들어선 것인가? 그렇게 생각하니 더 어
처구니가 없군. 역시 괴물이었어."

피월려가 재촉하듯 제갈극에게 물었다.

"혹 다른 일은 없소?"

제갈극이 제갈토의 눈치를 한번 살피는데, 제갈토는 고개를
살짝 끄덕이는 것으로 허락했다. 그러자 제갈극이 답했다.

"낙양에서 흑백대전이 발발했느니라."

어느 정도 예상은 했지만 귀로 직접 들으니 실감이 나지 않았다. 피월려는 눈을 크게 뜨고 되물었다.

"무림맹과 낙양지부가 격돌한 것이오? 어떻게 된 것이오?"

"시작은 모른다. 고문한 자가 알고 있던 건 흑백대전의 첫 시작을 알리는 낙양지부와 무림맹이 전력으로 맞부딪쳤고, 마교가 패했다는 것이다."

"……"

"부상에서 몸을 다 회복하지도 못한 검선은 수척한 모습으로 입가에 선혈을 흘리면서도 전장에 모습을 드러낸 반면에 혈수마제와 흑룡대의 모습은 그 어디에서도 찾을 수 없었다 하였다. 이것이 사기에 결정적인 영향을 미쳤지. 철부황안이 남은 인원을 모아 꽤 선방을 하긴 한 것 같지만, 결국 그녀를 포함한 낙양지부의 마인들은 거의 모두 몰살되었고, 남은 잔당들은 모조리 본부로 후퇴했다 들었느니라."

"그런 일이……"

"무림맹도 피해가 막심하였다. 종남신검이 싸움에서 빠진 것이 컸다 했다. 무림맹에 남아 있던 구파일방의 주력도 반 이상 죽거나 무공을 잃었고 또 초절정고수도 여럿 잃었으니 철부황안이 희대에 다시없는 대마두였음은 그 누구도 반론을 제기할 수 없다 했지. 암! 내가 생각해도 철부황안은 혈수마제보다 더 교주에 어울리는 자다."

피월려는 천마신교의 피해보다는 그가 아는 사람들에 대한 안위가 먼저 걱정되었다. 혈적현, 주하, 류서하, 제갈미는 물론이고 박소을이나 천서휘, 그리고 구양모까지도 마음이 쓰였다.

그리고 진설린도.

피월려는 이를 아득 물며 눈을 질끈 감았다. 그러자 그의 눈앞에서 아른거리는 진설린의 모습이 겨우 사라졌다.

잊었다, 잊었다 해도 결코 벗어나지 못하는가?

태극진인들이 그들의 생사까지 알 리는 없을 터.

피월려는 마음을 진정시키며 말했다.

"어차피 현 상황에 다른 건 중요하지 않소."

제갈극이 동의했다.

"그렇다. 중요한 건 검선이지. 태극진인들이 알고 있는 정보에 의하면 그는 세 시진 뒤에 당도하느니라."

"세 시진?"

"그가 어디까지 회복했는지는 태극진인들도 몰랐느니라. 단지 세 시진 뒤에 당도한다는 것만 알고 있었어. 그러니 완치했다 생각하고 계획을 짜야 하지. 재밌는 점은 그들이 한계를 넘어서까지 고문을 받는 동안에도 종남신검에 대한 말을 한마디도 하지 않았다는 점이다. 이는 종남파가 무당파와 따로 움직인다는 뜻이지."

피월려가 말했다.

"태극진인들이 종남신검의 존재를 몰랐다고 해서 종남신검이 검선과 따로 움직인다고 말할 순 없소. 다만 검선에게 나를 뺏기기 싫어 그를 기다리지 않고 사핵으로 들어온 것이 분명하오. 호승심도 자신감도 넘치는 자이니……."

제갈토가 고개를 흔들었다.

"그건 중요하지 않아. 뭐가 되었든 우리에겐 천운이야. 내가 안에서 보니 그 활년이 불나방처럼 아주 개똥같은 죽음을 당하던데, 그걸 보고 느끼는 게 좀 있었나? 제발 있어야 하는데 말이지. 이렇게 비네. 응? 대강 봐서 이길 수 있을 것 같다고 들이대지 말란 소리야."

"……."

피월려가 말없이 제갈토를 쳐다보자 제갈토는 방긋 웃으며 손뼉을 쳤다.

"자! 그럼 그놈을 죽이는 걸 논하도록 하지. 기문둔갑에 집중하느라 천기(天氣)를 조작하지 못했는데, 내가 무현금을 쓴다면 반 시진도 안 돼서 이 먹구름을 모두 몰아낼 수 있다. 키힛! 비가 오지 않으면 그놈의 무공이 반감되니 그때 나가서 죽이는 것이 현명하지. 아니, 당연해. 불나방의 지능과 같은 수준이 아니라면 그렇게 행동해야 마땅하지. 아니 그런가, 심검마? 그동안은 극이와 함께 몸을 최고조로 만들게."

"걱정하지 마시오. 나도 당장 나가서 그를 상대할 생각은 없······."

두둑, 툭.

순간 손등 위로 떨어진 물에 의해서 차가움을 느낀 피월려의 표정이 굳었다.

둑, 투툭, 두두둑.

이내 천장에서 물이 하나둘 떨어지기 시작했고, 피월려와 제갈토, 그리고 제갈극의 몸을 적시기 시작했다.

"······."

"······."

"······."

쏴아아아아.

한두 방울이 빗방울이 되고, 이슬비가 되고, 소나기가 되고, 대우(大雨)가 되고, 태우(太雨)가 될 때까지 그들은 한마디도 하지 못했다.

제갈토가 펼친 유곡공내진이 뚫린 것이다.

제구십삼장(第九十三章)

침묵을 먼저 깬 건 피월려였다.

"방 안에서 비를 맞아보긴 난생처음이오. 진법에 이상이 생긴 것 같소?"

피월려는 온통 젖은 외투를 벗었다.

쿵!

상을 강하게 내려치며 자리에서 벌떡 일어난 제갈토의 눈썹이 파르르 흔들리더니 그 끝에 맺힌 빗방울이 떨어졌다.

그는 분노로 일그러진 표정으로 씹어 내뱉듯 사방에 대고 외쳤다.

"불가능해! 불가능해! 불가능해! 불! 가! 능! 절대로 일어날 수 없는 일이야! 어찌 이것이 가능한가! 어? 가능하냐고! 가능이란 말의 의미를 바꾸지 않는 한 불가능한 일이야! 천기를 읽는 이 몸의 계산을! 감히! 감히! 감히!! 개 같은 년! 씹어 먹을 년! 벌레 같은 년! 오냐! 오거라! 오냐! 받아주마! 오냐!"

제갈토는 터벅터벅 상석으로 걸어가더니 부숴 버릴 듯 무현금을 낚아챘다. 그러곤 그 자리에 털썩 주저앉아 갑자기 무음의 연주를 시작했다. 만약 줄이 있었다면 다 끊어졌을 정도로 그의 연주는 거칠었다.

제갈극이 그 모습을 보다 툭하니 말했다.

"처음 본다."

"무엇을 말이오?"

"가주가 당황하는 거."

"……."

"진법에 관한 건 본좌가 설명하겠느니라. 보아하니 종남신검이 호승심을 못 이겨 사핵으로 들어온 것 같다. 그것은 원래 검선을 위해 짜놓은 것이라 쉽게 이길 수 있으리라 생각할지 모르지만 이렇게 진법에 문제가 생긴 이상은 아무것도 장담할 수 없느니라."

피월려가 오른손으로 소소를 집곤 허탈한 심정으로 내려다보며 말했다.

"승리도 패배도 상관없으니 허무하지만 않았으면 좋겠소."

"……."

제갈극은 그를 물끄러미 올려보다가 밖으로 나갔다.

피월려가 제갈토를 보니 그는 연주에 심취하여 주변에 신경 쓸 겨를이 없는 듯했다.

피월려는 제갈극을 따라 방 밖으로 나섰다.

철퍽.

복도는 이미 발이 잠길 만큼 비가 고여서 발을 내디딘 피월려의 신을 적셨다.

이를 내려다보며 제갈극이 중얼거렸다.

"복도에 물이 차올랐으니 우리로선 엄청난 악조건이군. 그리고 저것도."

파스츳, 파스츳.

제갈극이 고개를 올려 천장을 보자 그곳에는 뇌기가 무서운 소리를 내며 흐르고 있었다.

"……."

"……."

복도의 천장에는 뇌기가 흐르고 있고, 바닥에는 물이 차오르고 있다.

피월려가 말했다.

"종남신검의 뇌기가 진법 전역으로 퍼진 것 같소."

제갈극이 대답했다.

"빠져나가야 할 뇌기가 출구를 찾지 못해서 돌아다니는 것이지. 무공과 진법을 모르는 식솔들이 감전사하는 건 시간문제군."

"……."

"유곡공내진에 대한 공격은 가주가 방어해야 할 일. 그리고 본좌는 식솔들을 돌보아야 하느니라. 그러니 종남신검을 상대할 때 우리의 도움을 받을 수 없으니 짧게 설명하도록 하겠느니라. 잘 들어야 한다."

"말씀하시오."

"저택의 꼭대기에서 유곡공내진의 사핵 안으로 들어올 경우, 본 가가 자랑하는 혼진분존진(渾眞分存陣)이 이중으로 펼쳐져 있다. 이는 답을 모르는 사람에겐 단순히 길을 잃게 만드는 것에 더해서 실질적인 위협을 주는 필사진(必死陣)이지."

피월려는 눈초리를 모았다.

"혼진분존진? 어떤 것이오?"

제갈극이 설명했다.

"그것은 팔괘구궁(八卦九宮)의 묘리를 극대화한 것으로 세상의 절대 이치인 존재성과 유일성을 뒤흔든다. 팔괘로 인한 존재성과 구궁으로 인한 유일성, 이 둘을 가지고 평행하는 현실을 교차하여 구축한다."

피월려는 어깨를 들썩였다.

"무슨 뜻인지 전혀 이해하지 못하겠으니 쉽게 말하시오."

제갈극은 뭔가 말을 하려다가 이내 한숨을 쉬곤 다시 말했다.

"팔괘와 구궁에 대해선 얼마나 아느냐?"

피월려는 혈적현에게 일원(一元)부터 양의(兩儀), 삼재(三才), 사방(四方), 오행(五行), 육합(六合), 칠성(七星), 팔괘(八卦), 구궁(九宮), 십익(十翼)까지 모든 것을 들었다. 그러나 그것을 이해하지 않고 기억으로만 남겨두었기에 안다고도 모른다고도 말하기 어려웠다.

그가 잠시 뜸을 들이다 말했다.

"그중 두 가지만 이해하는 걸론 그렇게 영향이 없겠지."

"그것이 무슨 뜻이냐?"

피월려는 용안심공으로 팔괘와 구궁의 묘리를 담은 기억을 해방하여 말했다.

"아무것도 아니오. 잘 안다 할 수 있소."

제갈극은 그를 의심스러운 눈초리로 지그시 보다가 물었다.

"시험해 보지. 선천사궁(先天四宮)에는 누가 사느냐?"

"장남(長男)."

"후천이궁(後天二宮)의 동물은?"

"소."

"하늘의 세 번째는 땅의 몇 번째이더냐?"

"첫째."

"후천을 역순으로 읊어보거라."

"손진간감건태곤리."

제갈극이 팔짱을 꼈다.

"잘 아는군. 허나 본 가는 선천(先天)도 후천(後天)도 쓰지 않는다. 무천(無天)이라 하여 본 가 고유의 팔괘를 쓰느니라. 무천팔괘는 팔괘의 순서가 정해져 있지 않다. 진법이 펼쳐지는 즉시 무작위로 짜이며, 일정 주기로 계속해서 섞여 그 순서가 뒤바뀐다."

"그럼 그걸 만든 제갈토에게도 무작위 아니오?"

"물론이지. 하지만 제갈을 성으로 쓰는 사람이라면 무작위 팔괘인 무천팔괘(無天八卦)쯤은 기본적으로 다룰 줄 알아야 하느니라. 가주의 지력이라면 그 주기를 일각 이내로 줄일 수 있다. 즉 그때마다 팔괘가 새로운 순서로 짜여 진법이 초기화되는 것이지."

"……."

"혼진분존진은 전체적으론 구궁의 형태로 이뤄져 있느니라. 아홉 개의 궁이 있지. 각 궁은 중심에서부터 팔방(八方)으로 길이 이어져 있어 어느 궁에서든지 다른 여덟 궁으로 움직일 수 있느니라. 그리고 이 구궁은 공의 표면처럼 거리상은 유한하나 끝없이 반복되느니라. 예를 들어, 계속해서 오른쪽으로만 걷는다면 세 개의 궁이 반복적으로 나타난다. 이해했느냐?"

"이해했소."

"하지만 가주는 유곡내공진도 방어하기 바쁘니 지금 당장은 혼진분존진을 조작할 만한 여력이 없을 것이다. 네게 유리한 쪽으로 계속 공간을 뒤바꿨으면 좋겠지만, 그런 도움은 기대하기 어려울 것이니라."

"……"

"아까도 말했듯 그 순서는 무작위인데 문제는 그것이 모든 사람에게 따로 적용된다는 점이다. 예를 들어, 둘 다 하나의 궁에서 만나 똑같이 오른쪽으로 가도 너와 종남신검은 각각 다른 궁에 도착한다는 식이다. 따라서 궁에서 궁을 넘어서는 추격이 불가능하다. 각 궁에서 궁으로 움직이는 복도에선 서로 절대 간섭할 수 없느니라. 그러니 궁에서 도주해야 할 일이 생기면 그저 아무 복도로나 도망가면 된다."

"기묘하군."

"그러한 혼진분존진의 내부에선 생사(生死)의 정의(定義)가 다르다. 팔괘가 뜻하는 신체 부위를 알겠지? 각 궁에 해당하는 팔괘를 통해서 생사를 판가름하는 신체 부위가 정해진다."

팔괘가 뜻하는 신체 부위.

건(乾)은 머리, 태(兌)는 입, 리(離)는 눈, 진(震)은 발, 손(巽)은 정강이, 감(坎)은 귀, 간(艮)은 손, 곤(坤)은 배다.

선뜻 이해가 가질 않은 피월려가 말했다.

"예를 들어보시오."

"패궁(兌宮)에선 '입'만이 생사를 판가름하기에 입을 제외한 어떠한 곳을 공격하고 베어도 의미가 없다."

"아, 그런 뜻이었군."

"하지만 이 생사의 법칙은 종남신검에게 적용되는 것이 아니다. 그 이유를 아느냐?"

"도가의 인물이니… 팔괘사상을 잘 알기 때문이오?"

제갈극은 고개를 저었다.

"정확히 말하면 그 이유는 종남신검에게 있는 것이 아니라 네게 있다."

피월려는 즉시 떠오르는 것이 있었다.

"능수지통이 나를 이곳으로 부른 이유가 바로 심검 때문이니 그것 아니겠소?"

제갈극의 시선이 자연스레 피월려가 들고 있는 소소에게 움직였다.

"그 흉측한 것은 기문둔갑의 법칙을 무시하고 베어버린다. 그렇기 때문에 심검과 영안, 그리고 가주의 도움을 받는다면 적어도 혼진분존진 내에선 검선에게 승산이 있다는 것이다.

지금은 가주의 도움을 받지 못한다는 악조건과 적이 검선이 아니라 종남신검이라는 선조건이 묘하게 맞물려 역시 동일하게 승산이 있다."

그런데 피월려는 의문이 들었다. 구궁의 중심에는 팔괘와 연관이 없는 중궁(中宮)이 있기 때문이다.

그가 물었다.

"해당하는 팔괘가 없는 중궁은 무슨 신체 부위이오?"

"중궁은 현실과 가장 가까운 곳이며 맞닿아 있는 곳. 그곳이 입구이자 출구이다. 구궁 중 그곳에 떨어진 개체야말로 본신(本身)이며 그 본신을 죽이는 것이 진정으로 죽는 것이다."

"개체? 본신? 그러면 분신(分身)이라도 있다는 뜻이오?"

제갈토는 손을 저으며 혀를 내둘렀다.

"존재성과 유일성의 흔들림까지 설명할 시간이 없느니라. 그것은 스스로 충분히 알아낼 수 있는 것이니. 그저 죽지 말고 적을 죽이면 된다. 다만 구궁 내부에선 모든 자가 각 궁에 맞춰서 아홉이 되기 때문에… 아니, 됐다. 들어가서 직접 맞부딪치면 알겠지. 그냥 보이는 대로 다 죽이면 된다."

피월려가 대수롭지 않다는 듯 말했다.

"그건 쉽지. 그럼 그 외에 더 말씀하실 것은 없소?"

"아아아, 딱 한 가지 더 있느니라."

"말씀하시오."

"팔괘와 구궁의 조화를 위해서 시간의 대칭성을 파괴할 수 없다는 점이다."

"그 뜻은?"

"안에서 흐르는 시간이 그대로라는 것이다."

"그럼 검선이 당도하기까지 세 시진 안에 일을 끝내야 하는 것이군."

제갈극이 고개를 두어 차례 끄덕이며 말했다.

"가장 중요한 시간, 공간, 그리고 생사에 관한 점은 모두 알려주었다. 본래대로라면 그 외에 모든 것을 알려줘야 하지만 적어도 한 시진은 잡아먹을 터. 그럴 시간이 본좌에겐 없느니라. 나머지는 그 안으로 들어가서 네가 가진 영안으로 스스로 알아내야 할 것이다."

"한 가지, 혼진분존진의 생문을 말씀하지 않으셨소."

"혼진분존진의 생문은 너무나 복잡하여 시전자의 도움이 없다면 존재하지 않는다고 봐도 무방하다. 그곳에서 벗어날 수 있는 현실적인 방법은 그걸 펼칠 줄 아는 자가 밖에서 꺼내주는 것밖에 없다. 본좌도 불가능해."

"무현금이 있으면 가능하오?"

"무현금은 제갈세가 가주의 것이다. 가주가 아닌 자는 만질 수 없어."

"가능하긴 한가 보오. 그럼 문제없군."

"······."

침묵을 지키는 제갈극을 향해 피월려가 물었다.

"사핵으로 들어오려면 그 저택의 꼭대기에서 다시 내려와야 하는데, 여기서 밖으로 나가는 길이 어떻게 되오? 이 진법은 이미 아는 것이니 그냥 길을 말하면 홀로 가겠소."

"좌사우이좌일(左四右二左一), 가서 죽지 말거라."

제갈극은 짧은 답변을 남기고 몸을 돌렸다.

피월려는 막 걸음을 떼기 바로 전, 등을 돌린 제갈극에게 직설적으로 물었다.

"이번 싸움, 어찌 되리라 보시오?"

제갈극은 고개를 서서히 들며 위를 보았다.

"혼진분존진은 검선을 위해 만든 진법. 그걸 종남신검이 이미 훼방 놓았느니라. 솔직히 말하겠다. 종남신검까지는 어떻게 되겠지. 하지만 이후에 오는 검선에겐 승산이 없다 보느니라."

피월려가 제갈극의 작은 등을 보며 대답했다.

"의미가 없다는 걸 알고도 나를 혼진분존진 안으로 보내려는 것을 보면 시간을 끌려는 것이고, 이는 식솔들을 돌볼 시간을 벌고자 하는 것이군. 아니, 도주할 셈이야."

제갈극이 천천히 뒤를 돌아 피월려와 눈을 마주쳤다.

"입신의 고수에게는 도주해 보았자 의미 없는 짓이다. 그저 최대한 숨을 생각이다. 왜? 동참하겠느냐?"

"아니오. 나는 숨지 않소."

"흥! 그리 말할 줄 알았느니라. 그래서 애초에 혼진분존진에 대해 설명한 것이고."

"……."

"무인들이란… 쯧쯧쯧. 직접 눈으로 보고도 믿지를 못하는 가!"

제갈극은 노인처럼 뒷짐을 지고 천천히 멀어지기 시작했다.

피월려는 제갈극이 멀어질 때까지 가만히 서 있었다. 머릿속에 자꾸만 그려지는 마궁의 마지막 모습을 지워낼 수 없었기 때문이다.

제갈극의 모습이 사라질 무렵, 피월려는 제갈극이 일러준 대로 그 건물에서 빠져나왔다. 그리고 경공으로 전각의 꼭대기에 올라가 사핵으로 몸을 던져 그 안으로 완전히 내려왔다.

그렇게 피월려는 혼진분존진에 스스로 들어갔다.

*　　　　*　　　　*

처음 떨어진 곳은 누라와 함께 운기조식을 하던 사핵이었다.

전 낙양지부의 연무장과 같은 형태를 가지고 있었다. 그래서 그는 그가 진법에 빠진 것이 아니라 그저 전각 안으로 다시 들어온 것이 아닌가 하는 생각이 들었다. 그러나 곧 눈앞에 보이는 광경에 그곳이 저택이 아니라는 것을 깨달았다.

연무장의 중심으로부터 팔방에 여덟 개의 거대한 문이 서서히 모습을 드러냈다. 이는 전에는 보지 못한 것으로, 현실이 아닌 것 같다는 느낌을 주었다. 피월려가 고개를 들어서 위를 보았는데, 그가 떨어진 구멍은 원래부터 없던 것처럼 막혀 있었다.

방금 떨어진 구멍이 바로 막혔을 리는 없을 터. 피월려는 자신이 이미 진법에 있다는 것을 확신했다.

"가볼까?"

피월려는 정면에 있는 문 하나를 골라 그 옆에 일(一)자를 새겼다. 그리고 그 문을 열었다. 발을 내디뎠는데, 갑자기 그를 앞쪽으로 잡아당기는 듯한 느낌과 함께 그 안으로 떨어지기 시작했다.

그렇게 바닥에 착지한 순간, 피월려를 감싸 안는 것이 있었다.

그것은 한 치 앞도 분간할 수 없는 자욱한 안개였다. 하지만 이상했다.

안개란 밀도가 균등하게 퍼져 있기 때문에 거리가 멀수록 서서히 시야를 흐리게 하는 것이 보통이다. 그러나 진법의 안개는 마치 하늘에 떠다니는 구름처럼 불분명하게 이곳저곳 뭉친 형태로 찬찬히 흐르고 있었다.

밀도의 차이 때문인지 안개구름이 몸을 지나가면 묘한 한기에 휩싸였다.

마치 몰래 뒤로 누군가 다가온 것 같은 느낌을 주었다. 하지만 아무리 사방을 돌아봐도 그의 주변에는 어둠뿐이었다. 그는 감각이 예민해지는 것과 동시에 둔감해지는 기분이 들었고, 이는 감각의 혼란을 초래했다.

피월려는 조심스레 발을 내디뎠다.

후드득.

작은 돌멩이가 그의 발에 밟혀 구르는 소리를 냈다. 그러다 한 지점에서 떨어졌는데, 아무리 시간이 지나도 바닥에 닿는 소리를 내지 않았다.

피월려는 전보다 더 신경을 써서 한 발, 한 발 움직였고, 곧 아래로 갑자기 떨어지는 낭떠러지를 발끝으로 느낄 수 있었다.

그는 무게를 한 발에 모두 의지했다. 그리고 몸을 숙여 다른 발을 그 아래로 뻗어보았다. 그러나 발은 허공을 휘저을 뿐이었다.

피월려는 그 상태로 서서히 옆으로 가면서 발을 계속 움직였다. 그렇게 낭떠러지의 가장자리를 타면서 그가 있던 곳의 전체적인 지형을 유추했다.

그는 눈을 몇 번 깜박이지도 않는 짧은 시간에 원래의 자리로 돌아와 버렸다. 낭떠러지가 쭉 이어져 한 바퀴 돌았기 때문이다. 마치 작은 봉우리 위에 있는 것 같았다.

"산꼭대기… 같은 곳인가?"

그가 대강 가늠해 보니 지름은 한 장이 채 되지 않는 듯했다.

장정 세 명도 일렬로 눕지 못할 정도로 작은 그곳은 보통 평민들이 사는 초가집의 안방보다 그 크기가 작은 듯했다.

피월려는 한동안 가만히 서서 주변을 파악하려 했다. 그러나 아무런 수확이 없었다.

그의 주변을 돌고 있는 자욱한 안개구름이 전 방향으로 그의 시야를 모조리 가렸기 때문이다. 영안까지 동원해도 크게 다른 점은 없었다.

그런데 한순간, 눈에 띄는 것이 있었다.

"바위가… 떠 있어?"

그것은 우연치 않게 안개구름 사이로 잠시 모습을 드러냈다. 그러나 은은하게 흐르는 수많은 안개구름에 의해 다시 그 사이가 가려졌다.

피월려는 그가 헛것을 본 것인가 하여 그 방향을 계속 주시했지만, 도저히 틈이 나지 않았다. 그 이후로 안개구름이 겹겹이 그 방향으로 지나갔기 때문이다. 안개구름은 마치 살아 있는 생명체인 양 그 바위의 모습을 감추기 위해서 안간힘을 쓰는 것 같았다.

어차피 갈 곳도 없다. 기껏해야 아래로 더 떨어지는 것.

피월려는 마기를 끌어모아 다리에 힘을 주었다. 그리고 아까 본 그 바위가 있던 곳을 향해 무작정 뛰었다.

수많은 안개구름을 뚫고 그가 착지하려 하는데 아쉽게도 그가 뛴 곳에는 아무것도 없었다.

바닥으로 추락하는 그가 옆을 보니 그 돌도 안개구름처럼 움직이고 있었다.

"어엇!"

절로 나오는 소리가 서서히 아래로 사라짐과 동시에 다시 하늘에서 울리기 시작했다.

그리고 피월려는 하늘에서 떨어졌다.

쿵!

그는 그가 봐둔 그 움직이는 바위에 착지했다.

즉시 주변을 살펴본 그는 설마 하는 생각에 고개를 내밀고 아래를 보았다. 그러나 아래도 수백 개의 안개구름이 겹겹이 층을 만들어 그의 시야를 방해했다.

피월려는 그가 서 있던 바위에서 흙먼지를 모았다. 그리고 손을 뻗어서 바위 밖으로 떨어뜨렸다. 그러자 그 흙먼지는 중

력에 의해 아래로 추락하는가 싶더니 피월려의 위에서 나타나 그의 머리 위로 떨어졌다.

피월려는 더러워진 머리를 털며 중얼거렸다.

"아래로 가면 위에서 나오는 건가? 흐음, 진법의 영향……."

그는 말을 끝맺지 못했다. 전신에서 찌릿하게 느껴지는 가공할 살기 때문이다.

그는 즉시 심검을 휘둘렀다.

쿠르릉!

낙성에 의해 휘어진 뇌기는 간발의 차이로 휘어 피월려의 옆으로 지나갔다.

그 밝은 뇌기가 훑고 지나간 안개구름은 그 순간 물로 변하여 비처럼 아래로 쏟아졌다. 그리고 다시 하늘로 올라가 떨어지기 시작했고, 그렇게 그 물은 어디로도 가지 못하고 그 안에 갇혀 영원히 내리게 되었다.

피월려는 바닥에 바싹 엎드리며 최대한 기척을 죽였다. 공중을 둥둥 떠다니는 바위의 움직임에 최대한 몸을 맡겨 하나가 되었다. 그러곤 기감을 살려 태을노군의 기척을 확인하려 했다. 하지만 그가 느낄 수 있는 것은 그의 주변에서 흐르는 안개구름의 기척뿐이었다.

안개구름은 단순히 빛을 먹어 시야를 가리는 것이 아니라 사람의 몸에서 자연스레 나오는 기척까지도 먹는 듯했다.

태을노군도 피월려의 기척을 느끼고 공격한 것이 아니라, 그의 독백을 듣고 대강 방향을 유추하여 뇌기를 쏜 것이 분명했다.

그때 사방에서 태을노군의 목소리가 들렸다.

"오래 기다렸다, 심검마. 그 궁사를 버리고 줄행랑을 치더니만 잘도 이곳에 찾아들어 왔구나!"

그의 목소리는 모든 방향에서 울렸다. 어디서 들리는지 가늠하지 못하게끔 사방에서 소리를 내는 그 수법은 꽤 복잡한 내력의 운용이 필요한 것이다.

피월려가 읽은 잡공서에서도 존재만 언급하고 넘어간 터라 그는 그것을 익히지 못했다.

때문에 가만히 태을노군의 모욕적인 말을 듣고만 앉아 있어야 했다.

"나와 결전을 위해서 이곳에 걸어 들어온 것 아니냐? 겁쟁이 같으니라고. 매번 도주만 할 것이냐? 어서 나와보거라!"

쿠르릉!

사방으로 비산하는 뇌전은 지나가는 안개구름을 모두 물로 만들었다. 그렇게 전 방향으로 점차 사라지는 듯했으나, 끝이 없는 진법 때문에 반대편에서 다시 나와 버렸다.

그 뇌전들은 바위와 같은 고체에 충돌할 때까지 쉬지 않고 움직였고, 때문에 이곳저곳에서 바위를 때리는 소리가 들리며 환한 빛이 쉴 새 없이 뿜어졌다.

재밌는 점은 빛조차도 나가지 못하니 한 치 앞도 볼 수 없던 어두운 시야가 점차 밝아지고 있다는 것이다. 뿐만 아니라 소리조차도 나가지 못하는지 돌이 부서지며 나는 둔탁한 소리가 쌓이고 쌓이며 귀를 때렸다.

그것을 깨달은 태을노군은 뇌기를 뿜는 것을 멈췄다. 하지만 그 공간은 이미 눈과 귀가 먹먹할 정도로 빛과 소리로 가득 찼다. 또한 안개구름도 뇌전에 의해 물로 변하여 비처럼 쏟아지기를 쉬지 않고 있으니 피월려와 태을노군이 서로를 발견하는 건 시간문제였다.

피월려는 마음가짐을 새로이 하며 안대를 벗어 품 안에 갈무리했다. 안대가 없어도 용안을 통해 영안을 활용할 수 있었지만, 혹시 모를 약점이 될 만한 모든 것을 배제하기 위함이다.

그렇게 영안으로 그를 보니 그의 이마에서 태(兌) 자가 아른거리는 것이 보인다.

그것이 무슨 의미인지는 알 수 없던 피월려는 생각을 접고 금강부동신법을 펼쳐 움직였다. 하늘에서 떨어지려는 비에 젖지 않으려고 한 것이다.

뇌전이 지나간 구름의 부분만 물로 변해 떨어진 것이기에 면(面)이 아니라 선(線)으로 내리고 있었고, 때문에 측면으로 살짝 움직이는 것으로 비를 피할 수 있었다.

마기를 끌어 올리며 피월려는 생각했다.

태을노군은 얼마든지 뇌전을 뿜어내어 이곳에 있는 모든 안개구름을 비로 만들 수 있다. 그렇게 되면 비를 피할 수 없는 피월려의 몸이 젖을 테고, 그러면 전격은 그만큼 강해질 것이다. 하지만 태을노군은 피월려의 공격을 차분히 기다리고 있었다.

왜 그런 것일까?

왜 뇌전을 더 뿜어내지 않는가?

이미 공간을 가득 채우는 빛과 소리가 너무 많기 때문일까?

피월려는 왠지 모르게 그 이유를 알면 승기를 잡을 것 같은 기분이 들었다.

그것은 그가 천성적으로 지닌 무인의 감각에서 비롯된 것이다. 그의 경험상 적의 약점은 항상 불합리한 행동으로부터 도출되기 때문이다.

피월려는 용안심공을 극한으로 펼치며 앞으로 나아갔다. 둥둥 떠다니는 바위들을 하나씩 밟으면서 태을노군에게 다가가는데, 태을노군은 그의 검인 구천구지검에 강기를 덧씌우고 피월려를 고요한 눈길로 바라보고만 있었다.

돌 하나를 사이에 두고 대략 삼 장 정도 떨어진 곳에 피월려가 착지했다. 그도 태을노군도 먼저 공격하지 않고 서로를 살폈다.

태을노군의 몸에서 자연스레 뿜어지는 뇌기가 모두 그의 반 토막 난 검에 모여들어 분광검강(分光劍罡)을 이루고 있었다.

정말 미세한 양의 뇌기까지 모조리 긁어모으는지 항상 부채꼴 모양으로 퍼져 있던 머리카락이 전부 그의 어깨에 가지런히 앉아 있다.

그의 면복도 마찬가지로 그의 몸의 윤곽을 드러내며 살포시 육신에 얹혀 있는 느낌이다.

그 때문일까?

마치 향검 정충이나 검선 이소운처럼 그 속을 전혀 알 수 없는 잔잔함이 그에게서 맴돌고 있었다.

지금까지 본 그의 모습과는 너무나도 다른 고요함에 피월 려는 혼란스러웠다. 세상에 자연적으로 존재하는 기운 중에 서 가장 패(敗)에 가까운 뇌기(雷氣)를 다루면서 어찌 그토록 평온할 수 있단 말인가?

피월려는 물었다.

"종남신검, 그런 뇌기를 다루면서 어떻게 고요함을 얻으셨 소?"

피월려의 말을 들은 태을노군의 눈동자가 조금 흔들렸다.

곧 태을노군이 대답했다.

"본 파에는 태을과 은하, 이 두 종류의 무학이 있다. 내 지금껏 은하를 배척하였으나 심검을 상대하기 위해선 은하의 힘이 없이는 불가능하다는 걸 알았지. 때문에 은하를 인정하고 받아들였다."

피월려가 태을노군의 화려한 분광검강을 바라보며 말했다.

"전에 태을이 바로 뇌전이라 한 것 같은데… 그것을 모두 검에 집중하고 신체는 은하의 것을 따르는 것이오? 그렇게 두 가지의 상반된 것을 동시에 성취하셨군. 그러나 합일(合一)은 아직이고……."

"합일했다면 본 파를 창시한 시조 어른의 위치에 설 수 있겠지."

"입신(入神)……."

"심검마는 어떠한가? 무엇을 기준으로 일극(一極)을 둘로 나누는가?"

피월려는 묻지 않을 수 없었다.

"내가 둘로 나누는지 아니면 셋으로 나누는지 어찌 아시오?"

태을노군이 대수롭지 않다는 듯 대답했다.

"검을 몇 번이나 섞어보았는데 그것을 모를까. 확신하건대, 심검마의 무학은 이태극(二太極)의 무학이다."

"……."

"초절정 간의 차이가 있다면 일극을 어찌 나누느냐의 차이. 바로 기준의 차이가 있을 뿐이다. 더 나아가면 서로의 차이를 먼저 이해한 쪽이 승리하는 것이지. 심검마가 나누는 기준은 뭐라 칭하는가?

태을노군은 이미 피월려의 무학을 경험적으로 알고 있었다. 그저 그 명칭이 궁금하여 피월려에게 질문한 것이다. 때문에 피월려는 순순히 대답했다.

"나는 그것을 내(內)와 외(外)로 칭하오. 무림에서 말하는 것과는 명칭만 같을 뿐 그 뜻은 다르오."

태을노군은 피월려가 하는 말을 단번에 이해했는지 고개를 두어 번 끄덕였다.

"내외라……. 별호로 유추했을 땐 심과 마가 아닌가 했는데 의외로군. 나름 좋은 구분이다. 아니, 정말 좋은 구분이야."

"……."

"하지만 본 파의 기준인 태을과 은하를 뛰어넘을 순 없을 것이다. 오늘! 우리 둘 중! 합일을 이루는 건 바로 나다! 검을 나눠보자꾸나!"

태을노군은 거칠게 보법을 펼치며 앞으로 쏘아졌다. 피월려도 그와 동시에 금강부동신법으로 앞으로 내달렸다.

둘은 그들 사이에 있는 바위 위에서 격돌했다.

캉!

소소와 구천구지검이 부딪치며 맑은 소리가 울렸다. 소소에는 심검이, 구천구지검에는 분광검강이 덧씌워져 있었으나, 피월려와 태을노군이 서로 극한의 속도로 달려든 탓에 둘 다 검을 마저 다 휘두르기도 전에 그 중심이 먼저 충돌한 것이다.

그 때문에 태을노군은 목을 자르려던 심검을 막을 수 있었고, 피월려는 살을 태우는 분광검강을 막을 수 있었다. 실제로 태을노군의 목 언저리에선 피가 흘러내렸고, 피월려의 목 언저리에선 잔털이 모조리 타오르고 있었다.

카— 앙!

강력한 내력을 불어넣어 서로를 밀자 피월려와 태을노군의 거리가 멀리 벌어졌다.

바위 끝에서 끝으로 멀어진 그들의 거리는 일 장 정도 되었는데, 피월려 쪽이 더 가장자리와 가까워서 먼저 땅에서 발이 떼어졌다.

이 기회를 포착한 태을노군은 구천구지검을 내질렀다. 반쪽짜리 구천구지검에서 일순 뿜어진 분광검강은 순식간에 일 장 가까이 늘어나며 피월려를 위협했다.

대부분의 무림인이라면 공중에 있는 터라 몸을 가눌 수 없어 그 검기에 몸을 꿰뚫렸을 것이다. 그러나 피월려에겐 희대의 보법인 금강부동신법이 있어 공중에서도 몸을 부유하듯 움직일 수 있었다.

태을노군의 분광검강이 피월려의 몸을 아쉽게 빗나갔다. 그런데 그렇게 끝을 모르고 쏘아질 줄 알았던 검강이 일순간 멈췄다.

마치 시간이 정지한 것 같은 착각이 든 피월려는 설마 하는 생각에 태을노군의 검을 바라보았다.

그것은 바로 일 장이나 길어진 검강을 반쪽자리 구천구지검에다가 붙잡아둔 태을노군의 강기충검이었다. 강기충검은 강기를 검신에 붙잡아두는 수법으로, 피월려도 전 황룡검주 진파진, 그리고 검선 이소운을 통해 평생 단 두 번밖에 보지 못했다.

그런데 그 길이는 검강이 아니라 검기로 하는 어기충검이라 해도 믿을 수 없는 수준이었다.

태을노군은 구천구지검을 양손으로 잡아가며 일 장이 넘어가는 강기충검으로 피월려의 상체를 향해 휘둘렀다. 태을노군은 엄청난 집중 때문에 심력이 바닥날 것 같아 눈이 감겨오는 것을 느꼈다. 그러나 피월려라면 생각지도 못한 방법으로 그것을 피해낼 것이라 믿은 태을노군은 억지로 눈을 떠가며 피월려를 주시했다.

그렇게 태을노군의 검강은 피월려의 허리를 두 동강 내었다.

"무슨……?"

태을노군은 자신의 두 눈을 믿을 수 없었다. 아무리 그가 피월려를 위해 준비한 것이라고는 하지만, 이토록 허무하게 이겨 버릴 줄은 몰랐기 때문이다.

그의 얼굴이 분노로 일그러짐과 동시에 그의 검에서 검강이 공중으로 증발했다.

"으, 으……!"

태을노군은 앓는 소리를 낼 수밖에 없었다. 그가 상상할 수 있는 모든 욕이 한꺼번에 나오려고 하니 당연히 아무 소리도 내지 못한 것이다.

태을노군은 구천구지검을 땅에 내던지며 두 주먹을 쥐고 전신에서 뇌기를 내뿜으며 분노했다.

"으아아아!"

그때 피월려의 시체가 갑자기 움직이며 앞으로 쏘아졌다. 그리고 그의 심검이 태을노군의 단전에 박혀들 때까지는 찰나의 시간조차 필요하지 않았다.

태을노군의 눈동자가 보름달처럼 커졌다.

"쿨컥! 어, 어찌… 분명 베었을 텐……."

단전에 쌓인 모든 기운이 일순간 날아가며 기혈이 요동치자 태을노군은 극심한 고통을 느꼈다. 그러나 그런 고통 속에도 도저히 그 말을 하지 않고는 눈을 감을 수 없었다. 그 정도로 말도 안 되는 일이 일어났기 때문이다.

분광검강에 허리가 베었으니 상체와 하체가 분리되는 것은 기본이오, 그 속에 있는 모든 장기가 검게 탔다.

어떤 마공을 익힌 마인이라고 할시라도 죽음에 이르지 않을 수 없다.

그리고 그것은 사실이었다. 실제로 피월려의 상체와 하체는 분리되었고, 그 속의 장기는 모두 탔다.

하지만 태을노군이 모르는 사실이 있었으니, 그곳이 바로 진법 내부라는 것과 그로 인해 생사의 정의가 다르게 적용된다는 것이다.

피월려는 심검을 뽑았고, 태을노군은 앞으로 꼬꾸라지듯 쓰러졌다.

피월려가 죽은 태을노군을 내려다보며 말했다.

"건궁(乾宮)이니 다행이지 곤궁(坤宮)이었으면 큰일 날 뻔했어. 혹시 모르니……."

기어코 태을노군의 머리에 바람구멍을 만든 피월려는 심검을 거두곤 소소를 입에 물어 음의 기운을 흡수했다. 건궁이라 그런지 주변에 양기가 가득하여 행여나 음양의 조화가 깨질까 염려되었기 때문이다.

그런데 그 와중에 태을노군의 시체가 이상한 목각 인형으로 차츰 변해갔다.

피월려가 음양의 조화를 이루는 걸 마쳤을 땐 태을노군의 형태만 본떠 만든 온전한 목각 인형이 되어 있었다. 단전과 머리가 뚫린 상처도 그대로 있고, 구천구지검조차도 목검이 되어 그 인형의 손에 들려 있었다.

피월려는 인형의 등 뒤에 크게 음각(陰刻)되어 있는 태(兌) 자를 내려다보며 중얼거렸다.

"분신(分身)이라는 것이 바로 이것을 말하는 것이군. 지형을 보면 이곳은 건궁이 확실한데 왜 분신에는 태(兌) 자가 있는 것일까? 흐음, 뭐, 더 알아봐야지. 어찌 되었든 그의 약점을 알지 못하고 싸움이 끝나 아쉽군. 그래도 그 비기를 알게 되었으니……."

피월려는 뇌기로 인해 환해진 건궁 곳곳을 이리저리 움직이면서 둘러보았다.

움직이는 바위들 위로 이리저리 뛰노는 피월려의 모습은 마치 신선이 노름을 하는 것 같이 보였다.

그는 그렇게 총 여덟 개의 문을 찾았다. 그가 떨어진 중심으로부터 정확히 팔방에 모두 위치해 있었다. 그는 하나의 문을 정해서 그곳 옆에 북(北) 자를 그려놓곤 그 문을 시작으로 다른 일곱 문에도 모두 방위를 적어놓았다.

그는 그 여덟 문 중 그가 정한 북문으로 갔다. 그곳엔 다른 바위보다 더 큰 크기의 바위 바닥에 문처럼 생긴 그림이 그려져 있었는데, 그 문고리 부분을 손으로 잡아보니 실제로 손에 잡히게 되어 있었다.

재밌는 점은 보이기는 음각(陰刻)인데 만질 때의 느낌은 양각(陽刻)이라는 점이다.

문이 열리면서 아래로 들어가는 통로가 보이는데, 바위의 크기상 절대 있을 수 없는 통로가 그 안으로 쭉 이어져 있었다.

어차피 어디가 어디로 통하는지도 모르니 여덟 문 중 어디로 가든 큰 의미는 없었다.

그는 더 고민하지 않고 통로 안으로 뛰어들었다.

부— 웅!

순간 머리 위에서 들린 파공음에 피월려는 고개를 들고 위를 보았다. 떨어지면서 점차 멀어져 가는 그곳엔 말 머리를 한 석상(石像)이 피월려를 내려다보고 있었다. 그 손에는 사람의 키보다 더 큰 극(戟)이 들려 있었다.

"무슨……."

하지만 곧 문이 닫혀 버려 그 모습을 더는 확인할 수 없었다.

탁!

피월려는 착지했다.

처음 든 느낌은 뜨거움이다.

그리고 그 뜨거움이 고통으로 변하기까진 많은 시간이 걸리지 않았다. 피월려는 즉시 마기를 발바닥에 집중하여 발을 보호했다. 그러나 신이 불타 사라지는 것까지는 막을 수 없었다.

　맨발로 선 그는 주변을 살펴보았는데, 그곳은 온통 적색과 황색이 가득했다. 뜨거운 용암이 부글부글 끓어오르며 황적색의 빛을 은은하게 내고 있었기 때문이다. 거대한 분화구의 안 같은 그곳엔 몇몇의 거대한 흑암석이 용암 위를 떠다니고 있었다.

　곧 피월려는 숨 쉬기가 매우 힘들어지는 것을 느꼈다. 거품에서 솟아오르는 뜨거운 수증기가 공기를 습하게 만들고 있을 뿐만 아니라 탁한 기운까지도 내뿜고 있었기 때문이다.

　화(火)로 가득한 그 궁이 어느 궁인지는 너무나도 확실했다.

　"이건 리궁(離宮)……."

　다행히 피월려 말고는 아무도 없는 듯했다.

　피월려는 뒤를 보았다. 뒤에는 흑암석으로 된 거대한 벽이 있었는데, 그 벽은 그 공간 전체를 빙 두르고 있는 듯했다. 그리고 그 벽에는 역시 거대한 문이 그려져 있었다. 피월려는 손을 뻗어 조각된 문을 만졌는데, 그 문은 보이기도 만지기에도 양각으로 조각되어 있었다.

그는 남(南)이라 옆에 적어 넣으며 말했다.

"다시 천궁으로 갈 필요는 없지."

그는 이리저리 보법을 펼쳐가며 용암 위에 둥둥 떠다니는 흑암석 사이를 누볐다. 전체적으로 순태양방향(順太陽方向)으로 돌면서 각 문에 방위를 적었다. 남서를 시작으로 서, 서북, 북, 북동까지 돌았다. 그리고 동문으로 향할 차례였는데, 그곳에 도착하기도 전에 갑자기 무언가 용암 속에서 솟아나듯 나타났다.

'시이익'하는 소리와 함께 온몸에서 수증기를 뿜어내는 그것은 석상이었다. 꿩의 머리를 한 그것은 한 손에 모(矛)를 들고 마치 살아 있는 것처럼 움직였다. 흑암석 위에 서니 그 키가 팔 척이나 되고 덩치도 웬만한 장정 세 명을 모아놓은 것 같았다.

피월려는 침을 삼켰다.

"아까 본 마석상(馬石像)은 헛것이 아니었어."

치석상(雉石像)은 쿵쿵거리며 피월려에게 다가오기 시작했다. 그런데 그 속도가 점차 빨라지더니 이내 사람이 낼 수 없는 수준에 이르렀다. 그러곤 땅을 차 크게 도약하더니 벽면에 쿵 하고 내려앉았다. 그렇게 벽에 붙은 채로 그것은 무릎을 굽혔다. 오른손으론 뒤로 모를 잡고, 왼손은 쭉 펴 가슴에 모았다. 그것은 마치 무승(武僧)이 수련하는 자세와도 같았다.

쩌— 억!

치석상이 밟고 있던 벽이 깨지는 것과 동시에 그 치석상이 엄청난 속도로 피월려에게 날아왔다. 피월려는 그대로 소소를 꺼내면서 금강부동신법을 극한으로 펼쳤다. 그럼에도 불구하고 그 치석상의 모를 겨우 일 척 이내로밖에 피해내지 못했다.

쾅!

치석상이 휘두른 모가 떨어진 곳에 즉시 균열이 생기면서 피월려가 서 있던 흑암석이 깨지기 시작했다. 그 균열에서 용암이 삐져나오면서 흑암석을 삼키기 시작했고, 피월려는 그 불안정한 와중에도 금강부동신법의 도움을 받아 치석상의 뒤로 움직일 수 있었다.

그는 심검을 내지르며 그 치석상의 척추 부근을 찔렀다.

사람이라면 그대로 절명할 치명상이었지만, 그 치석상은 아무런 영향도 없다는 듯 몸을 돌려 피월려를 공격했다. 피월려는 금강부동신법으로 차근차근 하나씩 피했지만, 찌를 때마다 나는 파공음을 통해서 그 위력이 엄청나다는 것을 알 수 있었다.

곧 끝까지 뒤로 밀린 그는 기회를 엿봐 치석상의 다리를 베었다. 그러면서 즉시 다른 흑암석 위로 뛰었다. 치석상은 그를 바로 쫓으려 했지만, 베인 단면 그대로 미끄러지듯 앞에 있는 용암에 그대로 몸을 담갔다. 풍덩 하는 소리와 함께 용암에 빠진 그 치석상은 그 안에서도 발버둥을 치는지 용암의 표면이 일렁거렸지만 그 속도가 매우 느렸다.

피월려는 한숨 돌렸다 생각하고 이마의 땀을 훔쳤다. 엄청난 열기가 가득한 곳이라 조금만 움직여도 온몸이 땀으로 젖었기 때문이다. 그는 곧 몸을 돌려 다시 문으로 향했는데, 그 순간 눈앞에 펼쳐진 광경에 몸이 굳었다.

"빌어먹을······."

적어도 열이 넘어가는 치석상이 몸에서 수증기를 내뿜으며 흑암석들 위로 올라오는 그 광경은 천마에 이른 피월려조차도 욕지거리를 내뱉지 않을 수 없었다. 상대하는 그 자체는 어렵지 않겠지만, 그랬다간 몸을 운신할 수 있는 흑암석이 남아나지 않을 것이고 또 언제 끝나리란 보장도 없다.

피월려는 서둘러 가장 가까운 문을 찾아서 이동했다.

쿵! 쿠궁! 쿠궁!

하나둘 합장 자세를 취한 치석상들이 굉음을 내며 공중으로 도약하기에 이르렀다. 그리고 곧 그들은 피월려가 있는 곳에 비처럼 쏟아지기 시작했다.

쾅!

콰쾅!

쾅쾅쾅!

연속적으로 내질러지는 모와 그것에 담긴 힘은 피월려가 잠시나마 있던 흑암석을 산산조각 내기 충분했다. 튕기는 파편만으로도 시야가 가려질 정도이니 피월려도 진지하게 임하지 않을 수 없었다.

하지만 그의 검법은 심검.

살상에는 특화되어 있지만 파괴라는 측면에선 그리 강력하지 못했다. 그리고 석상은 죽는 것이 아니라 파괴당하는 것.

"아니, 과연 그럴까?"

피월려는 리(離)에 해당하는 신체 부위가 눈이라는 것을 기억하면서 몸을 돌렸다. 그리고 그를 당장에라도 부숴 버릴 기세로 달려드는 수많은 치석상들의 움직임을 모조리 용안에 담았다.

마음은 살아 있는 것에만 있는 것.

그러니 살아 있지 않은 것의 마음을 읽는 것은 불가능하다.

마음을 읽는 것이 절정에 이르렀다 해도.

그러나 그 불가능을 넘는 것이 바로 초절정이자 천마가 아니던가.

피월려는 심력을 쏟아부어 읽을 수 없는 치석상의 마음을 모두 읽었다.

그리고 그 움직임을 미리 파악했다.

쿵!

처음 내려친 치석상의 모 위로 피월려가 살포시 올라섰다. 그러곤 그 눈에 심검을 박아 넣었다.

하지만 기대와 다르게 치석상은 다시 모를 강하게 휘둘렀다. 아니, 휘두르려 했다.

쾅!

그 첫 번째 치석상 바로 뒤에 있던 다른 치석상이 내지른 모에 첫 번째 치석상의 머리가 송두리째 부서졌다. 그 두 번째 치석상은 피월려를 공격하려 한 것인데, 첫 번째 치석상이 있든 말든 전혀 상관하지 않은 것이다.

"아예 자각을 못 하는 건가?"

피월려는 가볍게 내려와서 다시금 뒤로 훌쩍 물러났다. 그러자 첫 번째 치석상과 두 번째 치석상이 엉켜 있던 곳이 곧 지옥도처럼 변했다.

쾅! 콰쾅! 콰과광!

도합 열 개가 넘어가는 치석상이 서로 부딪치며 사지가 깨어졌다. 그 크기가 크기인지라 마치 작은 산사태라도 일어난 것처럼 엄청난 양의 돌무더기가 용암으로 쏟아져 내려갔다. 그렇게 부서진 파편들은 계속 꿈틀거리며 움직이면서 피월려에게 다가오기 위해 안간힘을 썼다.

잠시 잠깐 생긴 그 소강상태를 피월려는 낭비할 수 없었다. 그는 서둘러 그의 옆에 있던 북문을 열었다. 그 북문은 보이는 것도 만지는 것도 음각(陰刻)이었다.

끼이익!

강한 소리를 내며 열린 석문 안으로 검은 통로가 보인다. 피월려는 잽싸게 그 안으로 들어가 문을 닫았는데, 문을 닫기 전에 보이는 풍경 속에는 백이 넘어가는 수의 치석상이 막 용암 속에서 나오고 있었다. 그중에는 이미 하늘 높이 치솟아 피월려를 향해 달려드려는 것들도 있었다.

쿵 하는 소리와 함께 문이 닫히자마자 마치 지진이라도 난 듯 엄청난 울림이 계속되었다. 그 백이 넘어가는 치석상들이 닫힌 문에 사정없이 충돌했기 때문이다. 피월려는 숨을 깊게 한 번 내쉬고는 걸음을 옮겼다.

대략 두 장 정도 움직였을까? 그가 자각하지 못한 사이에 통로의 끝에 다다랐다. 갑자기 급변하는 시야에 어리둥절했는데, 정신을 차려보니 통로를 이미 빠져나와 다른 궁에 도착해 있었다. 그의 앞에는 역시 거대한 문이 그를 반기고 있었다.

막 닫히는 것을 보니 그가 나온 문이 분명했다. 피월려는 손을 뻗어 그 문을 만지면서 중얼거렸다.

"시각에는 음각, 촉각에는 양각이라. 리(離)는 양음양이니… 세 개 중 마지막 두 개를 문의 조각 상태로 알 수 있는 것인가? 이곳으로 통하는 문은 시각도 음각, 촉각도 음각이었다. 그러니 지금 이곳은 양음음인 간(艮)이거나 음음음인 곤(坤)이겠지."

피월려는 아래를 보았고, 그 아래 흙이 가득한 것을 보며 다시 독백을 이었다.

"간(艮)은 산, 곤(坤)은 땅. 이렇게 흙이 있으니 이곳은 곤궁이겠군."

그때였다.

"크아악!"

큰 비명 소리가 피월려의 등 뒤에서 들렸다.

그 소리를 듣자마자 피월려는 자기도 모르게 온몸이 고양되는 찌릿한 느낌을 받았다. 왜냐하면 그 비명이 바로 피월려 본인의 비명과 똑같았기 때문이다.

피월려는 고개를 돌려 비명이 들린 쪽을 바라보았다.

그곳에는 두 명의 태을노군이 또 다른 피월려의 양쪽에 서서 머리와 단전에 구천구지검을 찔러 넣고 있었다. 그 즉시 그 피월려의 눈이 뒤집히며 가공할 마기가 뿜어졌고, 위기를 느낀 두 명의 태을노군은 분광검강을 뽑아 그 피월려의 전신을 사정없이 조각냈다. 그 피월려는 폭주한 마기를 사용할 새도 없이 수십 개의 조각이 되었다.

태을노군들의 머리 위에는 각각 리(離)와 중(中)이 이마에 보였다. 조각난 피월려는 목각 인형으로 점차 바뀌고 있었는데, 이마에 곤(坤) 자가 보인다.

그들이 서 있던 곳은 한적한 공터 위로 군데군데 큰 바위들이 보이는 황야와도 같았다.

피월려는 소소를 품에서 꺼내 들며 태을노군(중)을 바라보며 마기를 끌어 올렸다. 동시에 태을노군(중)과 태을노군(리)도 구천구지검에 태을강기를 모조리 집약하여 강기충검을 덧씌웠다.

태을노군(리)이 말했다.

"지형을 살피는 것을 보면 주변 지형이 눈에 보이는 것이지."

태을노군(중)이 말했다.

"분신을 보고도 놀람이 없어. 게다가 나에게 더 강한 살기를 보내는 것을 보면 적어도 심검마에겐 우리 둘의 차이가 보인다는 뜻."

그들은 동시에 말했다.

"심검마에겐 이 진법의 비밀이 보이는 것인가?"

피월려는 그 말을 듣고서야 깨달았다. 그의 눈에 보이는 지형이나 분신의 이마에 떠오른 글자는 태을노군에게 보이지 않는다는 것을.

피월려는 용안심공과 태극음양마공을 극성으로 펼치면서 만반의 준비를 했다.

그가 말했다.

"결국 다 죽이면 그만 아닌가? 오시오."

태을노군(리)과 태을노군(중)의 이마에 동시에 핏줄이 튀어 오르며 서로를 한 번씩 보았다. 그러곤 태을노군(리)이 먼저 보법을 펼쳐 피월려에게 다가왔다. 그러나 태을노군(중)은 그 자리에 가만히 서서 분광검강을 더욱 강력하게 집약시켰다.

피월려는 아차 하는 생각이 들었다. 그가 자기도 모르게 태을노군(중)에게 더 많은 살기를 뿜은 탓에 태을노군들이 태을노군(중)이 더 중요하다는 사실을 알아챈 것이기 때문이다.

피월려는 앞에서 날아오는 태을노군(리)의 보법을 끊기 위해서 그가 다음번에 밟을 바위를 향해 검기를 쏘아 베어버렸다.

그러자 태을노군(리)이 밟은 그 바위가 잘린 단면을 타고 서서히 옆으로 미끄러지기 시작했는데, 아쉽게도 태을노군(리)의 움직임에는 전혀 영향이 없었다. 사실 그 정도로 보법이 흐트러진다면 구파일방의 보법이라 할 수 없었다.

그때였다.

쿠르릉!

가만히 서서 분광검강을 모으던 태을노군(중)이 그의 검을 하늘 높이 드는 것과 동시에 그 검에 담긴 분광검강이 모조리 하늘 높이 솟아올랐다. 이것은 하늘에서 번개를 내리는 수법으로 전에 태을노군이 그의 제자 곽소벽의 사지를 굳게 만들기 위해서 쓰던 낙뢰검공이었다. 이 수법을 전에 본 적 있는 피월려는 그것이 하늘에서 직선으로 떨어진다는 것을 알았기에 심검을 높이 쳐들었다.

쾅!

하늘에서 벼락이 피월려에게 떨어졌다. 그러나 심검의 끝에 닿은 그 벼락은 두 갈래로 갈라져 피월려가 서 있던 땅의 양 옆을 까맣게 태웠다. 그러나 그런 자세를 취한 탓에 그는 다가오는 태을노군(리)에게 무방비가 되었다.

번쩍!

가공할 분광검강이 피월려가 뻗은 팔과 목을 한 번에 베었고, 동시에 전격을 그 몸에 흘려보냈다. 그러나 베이고 태워져 완전히 사망해야 마땅할 그 공격을 받아놓고도 태연하게 심검을 휘둘러 태을노군(리)의 팔을 잘랐다.

서걱.

심검에 의해서 오른팔이 잘려 구천구지검을 놓친 태을노군(리)은 조금의 고통도 느끼지 못하는지 그대로 보법을 밟아 피월려의 다리 사이에 왼다리를 쭉 넣었다. 그러곤 왼손을 단전에 가져가 강력한 내력을 이어받은 뒤 그대로 피월려의 가슴을 향해 내질렀다.

퍽 하는 소리와 함께 피월려는 뒤로 쏠려 엉덩방아를 찧었다. 피월려는 가슴에서 느껴지는 고통에 얼굴을 찌푸리려는

데, 하늘에서 막 떨어지려 하는 벼락을 보곤 그럴 시간조차 없다는 걸 깨달았다.

피월려는 가까스로 소소를 높이 들 수 있었다.

쿠르릉, 쾅!

벼락이 떨어졌지만 이번에도 피월려의 심검에 의해 갈라졌다. 그런데 그와 동시에 피월려의 머리 위로 떨어지는 다른 것이 있었다.

바로 태을노군(리)의 발바닥이었다.

퍽!

얼굴의 형태를 모조리 아작 내고 그대로 파고들어 뇌까지도 터지게 만든 태을노군(리)의 발에는 엄청난 내력이 담겨 있었다. 그런데 그의 발이 피월려의 일그러진 얼굴에서 나오는 동시에 피월려의 얼굴도 그대로 원상 복구되었다. 마치 발에 그 얼굴이 붙어서 그대로 따라 올라오는 것 같은 기이한 현상이었다.

"무슨!"

태을노군(리)에게 찾아온 갑작스러운 당황함을 피월려는 놓치지 않았다. 그는 그대로 심검을 휘둘러 그 두 다리를 베어버렸고, 그렇게 꼬꾸라지는 태을노군의 신체를 그대로 받아 하늘 높이 던졌다. 그리고 그의 단전을 심검으로 뚫고는 높게 치켜세웠다.

쿠르릉, 쾅!

세 번째의 번개는 꼬챙이처럼 공중에 떠오른 태을노군(리)의 신체에 떨어졌고, 그 신체를 모조리 재로 만들었다. 자기와 꼭 닮은 분신이 재로 변하는 것을 바라본 태을노군(중)이 구천구지검에서 뇌기를 거두며 피월려에게 말했다.

"얼굴을 부숴도 되살아나고 목을 베어도 되살아난다. 하지만 단전을 베어버리니 죽는다……. 재밌군. 여기 있는 심검마의 분신도 머리가 잘렸기 때문이 아니라 단전이 꿰뚫려 죽은 것이야."

태을노군은 진법에 대해서 잘 모르는 듯했다. 그러나 적어도 이곳에선 무엇이 생사를 판가름하는 것인지는 깨달은 것이다. 그러니 피월려는 더 이상 진법의 오묘함을 이용한 수법을 쓸 수 없었다.

피월려가 말했다.

"현실과는 같지 않으나 동일한 조건이니만큼 한번 제대로 싸워봅시다, 종남신검!"

그 말에 태을노군이 광소했다. 그러곤 갑자기 굳은 얼굴로 차갑게 말했다.

"어서 덤비거……."

그때였다.

끼이익.

한쪽 문이 열리고 또 하나의 사람이 나타난 것은.

피월려와 태을노군(중)은 동시에 그 사람을 보았다.

그 사람은 이마에 손(巽) 자가 떠올라 있는 피월려였다.

피월려(손)는 피월려를 한 번 보고 태을노군(중)을 보더니 다시 피월려를 돌아보며 말했다.

"아마 나와 생각이 같겠지?"

그뿐이다.

피월려와 피월려(손)는 동시에 금강부동신법을 펼쳐 태을노군(중)에게 쏜살같이 달려갔다.

희열이 가득한 얼굴로 태을노군(중)이 외쳤다.

"와랏! 크하하!"

태을노군(중)은 보법을 펼치면서 서서히 뒤로 움직였다. 동시에 구천구지검을 하늘 높이 올리며 낙뢰검공을 펼쳤다.

쿠르릉!

구천구지검에서 뇌기가 하늘로 솟는 것을 본 피월려와 피월려(손)은 너 나 할 것 없이 심검을 위쪽으로 뻗었다. 하늘에서 떨어질 낙뢰검공의 뇌전을 막기 위함이다.

그런데 그것을 예상했는지 태을노군(중)이 구천구지검에 분광검강을 집중시켰다. 그리고 양손을 그 손잡이로 가져갔는데, 이를 본 피월려는 옆에서 다가오는 피월려(손)에게 급히 외쳤다.

"저 강기충검의 길이는 한 장을 넘는다!"

피월려의 말이 떨어지기 무섭게 구천구지검의 끝에서 검강이 뿜어졌다. 아니, 검강이 뿜어질 듯한 일 장이 넘는 길이로 검신에 고정되었다. 강기충검이다. 태을노군은 그대로 양손으로 휘두르며 피월려(손)와 피월려의 허리를 두 동강 낼 기세였다.

먼저 그 검강에 공격당한 것은 피월려(손). 피월려(손)는 피월려의 말을 듣고 크게 도약하면서 그 분광검강을 피했다.

그러자 분광검강이 피월려에게 다가왔다. 피월려는 그대로 도약할 경우 피월려(손)와의 합격에 문제가 생긴다는 것을 깨닫고는 몸을 뒤로 눕듯 하여 피했다. 그리고 다시 자세를 잡아가는데, 그의 앞에 태을노군(중)의 손바닥이 기다리고 있다.

사실 태을노군(중)은 족히 한 장은 떨어진 곳에서 손바닥을 펼치고 있었는데, 그 손바닥이 마치 바로 코앞에 펼쳐져 있는 것 같은 느낌을 받았다. 그런 중압감을 선사할 정도로 강력한 내력이 그 손바닥에 모여 있었고, 찰나 후 장풍이 되었다.

그리고 그때 벼락이 피월려(손)에게 떨어졌다.

쿠쾅!

하늘에서 떨어지는 번개, 그리고 손바닥에서 나온 장풍. 이 두 가지가 동시에 피월려와 피월려(손)에게 뿜어졌다. 각각의 피월려는 심검을 이용하여 그 둘을 베어 넘겼는데, 때문에 태을노군에게 짧은 시간을 주게 되었다.

번쩍이는 시야에 피월려와 피월려(손)는 서둘러 태을노군을 따라가려고 마기를 다리에 집중했다. 그렇기 때문에 갑자기 피월려를 공격하는 건날에 피월려와 피월려(손)은 당황하지 않을 수 없었다.

쿠궁!

피월려의 키보다 더 큰 검날이 피월려가 있던 곳을 찍어버렸다. 겨우 그 장대검에서 피한 피월려가 눈을 들어보니 그곳엔 소의 머리를 한 석상이 그를 노려보고 있었다.

피월려는 심검을 들어 그 우석상(牛石像)의 팔을 잘랐다. 그러자 우석상이 그 장대검을 떨어뜨렸다. 우석상은 전혀 아랑곳하지 않고 발을 뒤로 들더니 피월려를 차려고 했다. 피월려는 금강부동신법을 펼치며 뒤로 물러났다.

부— 웅!

그 크기만큼 거대한 파공음을 남긴 발은 피월려의 머리 위까지 올라가서야 멈춰 섰다. 그런데 그 공중에 멈춘 발 위에 살포시 착지하는 것이 있었다.

태을노군(중)이었다.

구천구지검에는 분광검강을, 왼손에는 가공할 내력을 담고 있었다.

태을노군(중)은 우선 장풍을 피월려에게 쏘았다.

퍼— 엉!

피월려는 고개를 숙여 가까스로 피했다. 태을노군(중)은 그
것으로 끝내지 않고 피월려에게 바싹 다가왔다. 피월려는 금
강부동신법을 이용해서 거리를 두려 했으나, 집요하게 따라오
는 태을노군(중)의 보법도 만만치 않게 심오하여 금강부동신법
의 움직임을 끝까지 좇아오는 것으로도 모자라 기어코 그 거
리를 좁히고야 말았다.

결국 그들은 지근거리가 되었는데, 이는 심검이나 구천구지
검의 검경(劍境)보다 더 안쪽이어서 검을 제대로 휘두를 수조
차 없었다.

아니, 권이나 각조차도 펼치기 힘든 거리였다.

피월려(손)가 우석상에 시간을 뺏기는 사이, 태을노군(중)은
왼손으로 피월려의 어깨를 붙잡았다. 그러면서 왼다리를 꺾어
피월려의 오른쪽 다리를 휘감았다.

피월려가 태을노군(중)의 손을 쳐내면서 다리를 뺐지만, 태
을노군(중)은 다시 왼손으로 피월려의 허리를 잡고 왼발로 피
월려의 오른쪽 발등을 지그시 밟아 보법을 봉쇄했다.

그것은 유술(柔術)이었다.

피월려는 지금껏 수많은 적을 상대했지만, 유술을 경험한
건 손에 꼽았다. 유술 자체가 중원에서 사장된 지 오래되었기
때문이다.

중원에선 내공의 활용과 발경의 발견으로 인해서 주먹 한 번, 발길질 한 번으로도 사람에게 치명상을 입힐 수 있는 타격술이 자연스레 발전했고, 이에 중원인들은 갑옷을 벗고 몸을 가벼이 하여 빠르게 움직이는 보법을 연구하기에 이르렀다. 그렇다 보니 서로의 몸이 닿을 일이 없었고, 있다 하더라도 타격을 통해 피해를 입히는 것이 더욱 효과적인지라 구파일방 같은 유서 깊은 문파가 아니라면 유술이 살아남을 수 없었던 것이다.

검과 권을 쓰는 태을노군이 종남파의 유술을 배웠을 리가 없다. 종남파가 그렇게 꽉 막힐 정도로 원칙을 중요시하는 곳도 아니고 태을노군 본인도 그런 사람이 아니었다. 그러니 태을노군(중)이 지금 쓰는 유술은 당연히 심검과 금강부동신법에 대항하기 위해서 준비한 것이다.

이 생각이 들면서 피월려는 자문했다.

태을노군은 이 결전을 위해서 강기충검과 유술을 준비했다.

그럼 나는 무엇을 준비했는가?

전혀 없다.

그렇다면 그 대가로 목숨이라도 바쳐야 하지 않겠는가?

이를 악문 피월려는 마기를 폭주시키면서 근력을 네 배 이상 끌어 올렸다. 그러자 허리를 감싸고 발등을 밟고 있는 태을노군(중)의 힘이 상대적으로 줄어드는 느낌이 들었다. 아무리 태을노군이 심후한 내력을 지녔다고 하나 마인에게 양으로 견줄 수는 없기 때문이다.

피월려는 몸을 한차례 크게 흔들었다. 그러자 그에게 매달리다시피 한 태을노군의 몸이 덩달아 흔들렸다. 마공으로 인한 근력의 순수한 차이 때문에 태을노군은 마치 어른의 몸에 매달린 어린아이처럼 흔들렸고, 피월려는 그의 포박에서 점차 벗어나는 것을 느꼈다.

결국 힘 차이에서 밀린 태을노군의 몸이 떨어져 나갔다. 그렇게 거리는 벌려졌고, 피월려는 그대로 소소를 뻗어 태을노군의 목을 쳤다.

캉!

"……."

"……."

"……."

막 우석상의 몸통을 베어 넘긴 피월려(손).

심검이 절대 막히지 않으리라 의심치 않고 휘두른 피월려.

자기의 목숨을 내놓고 실험을 강행한 태을노군(중).

그들 모두에게 침묵이 찾아왔다.

지금껏 그 어떤 것에도 막힌 적이 없던 심검이 구천구지겸에 덧씌워진 분광검강에 의해 막혔기 때문이다.

스윽.

그 순간 갑자기 우석상 세 개가 각각의 사람 뒤에서 땅 위로 솟아올라 그 거대한 장대검을 위에서 아래로 크게 휘둘렀다.

쾅! 쾅! 쾅!

세 명은 각자의 보법을 펼쳐 우석상의 공격을 피하면서 그대로 우석상에게 검을 휘둘러 다시는 움직이지 못하도록 조각내었다.

"후우!"

"하아!"

"흐음."

그리고 생긴 소강상태.

피월려(손)와 피월려는 격한 숨을 내쉬면서 태을노군(중)을 노려보았다. 그러나 태을노군(중)은 그들을 마주 보지 않고 자신의 구천구지검을 조용히 내려다보고만 있었다.

처음 움직인 건 태을노군(중).

그는 경공을 펼쳐 가장 가까운 문을 향해 도주했다.

피월려와 피월려(손)가 서로에게 외쳤다.

"깨달음을 소화할!"

"시간을 줘선 안 돼!"

피월려와 피월려(손)는 누가 먼저랄 것도 없이 즉시 금강부동신법을 펼쳐 태을노군(중)을 따라갔다. 그러나 보법과 경공에 있어서만큼은 태을노군(중)의 조예가 더 깊어 그와의 거리를 좁힐 수 없었다.

태을노군(중)은 문에 도착하자마자 그 문에 손을 대고 열었다. 활짝 열린 그 문으로 들어가는데, 피월려와 피월려(손)는 동시에 그를 향해 심검을 찔러 넣었다.

푸욱!

양쪽 어깨가 뚫린 채 피를 내뿜은 태을노군(중)은 그대로 그 안으로 모습이 사라졌다. 그렇게 닭 쫓던 개가 된 피월려와 피월려(손)는 서로를 바라볼 수밖에 없었다.

그때였다.

쿠르릉! 쿠르릉!

쿠르릉!

세 번의 굉음이 이곳저곳에서 울렸다. 피월려가 이리저리 살펴보니 이 문 저 문에서 총 세 명의 태을노군이 나타난 것이 보였다. 뿐만 아니라 우석상 수십 개가 땅에서 솟아나고 있었다.

피월려가 말했다.

"아까 그 태을노군이 얻은 깨달음에 견줄 만한 깨달음을 우리도 얻지 못한다면……."

피월려(손)가 말했다.

"결국에는 우리가 패배할 거야."

피월려가 고개를 끄덕였다.

"그 태을노군은 수적으로 열세였기에 그런 깨달음을 얻을
수 있었던 것이다."

피월려(손)가 말했다.

"그러니 이 대 삼이라고 마다한다면 나중에 가선 결국 필
패……"

함께 결심한 피월려와 피월려(손)의 신체에서 가공할 마기가
뿜어졌다.

제구십사장(第九十四章)

쿵!

문이 닫히자 피월려는 그대로 바닥에 주저앉아 호흡을 고르고 눈을 껌벅였다.

"크흠! 쿨럭! 크흠!"

깨질 듯한 관자놀이를 한 손으로 부여잡고 끓는 듯한 기혈을 심호흡으로 안정시켰다. 아무리 그렇게 해도 바닥난 심력과 내력은 회복될 기미조차 보이지 않았다.

그런데 갑자기 누군가 그를 잡아당겼다.

몸의 한 부분이 딸려 움직인 것이 아니라 전신의 모든 부위가 동시에 가속했다. 누군가 그를 잡아당긴 것이 아니라 마치 바닥으로 추락하듯 옆으로 떨어지고 있었던 것이다.

그렇게 계속 떨어지다 이내 바닥에 착지했다.

탁!

"으윽!"

겨우 자세를 잡았지만 몸의 상태가 말이 아닌지라 온몸에서 고통이 몰려왔다. 피월려는 겨우 눈을 떠서 주변을 살폈는데, 이미 그가 아는 곳이었다.

"건궁인가? 다시 돌아왔군."

그곳에는 공중을 떠다니는 바위뿐 아무도 없었다. 아직도 뇌기가 이리저리 움직이며 사방을 밝게 비추고 있었다.

한시름 놓은 피월려는 옆에 있는 문으로 움직였다. 금강부동신법으로 공중에 떠 있는 바위 위를 움직이는데 그조차도 호흡이 가빠질 정도로 힘들었다.

문 앞에 선 피월려는 그 문 옆에 그가 적어놓은 글자를 보며 조각에 손을 대었다.

"북서(北西)라……. 보기엔 음각이나 만지기엔 양각이로군. 그렇다면 진궁(震宮), 혹은 리궁(離宮). 허나 리궁은 전에 지났으니… 이곳이야말로 진궁이야."

팔괘 중 진(震)이 담당하는 자연의 속성은 바로 뇌(雷)다. 뇌전을 극성으로 익힌 태을노군과 그곳에서 마주친다면 손도 써

보지 못하고 죽을 가능성이 컸다.

피월려가 힘없이 문에서 손을 떼려는데, 갑자기 아까 전의 광경이 눈앞에 아른거렸다.

심검을 막은 분광검강.

피월려는 회상했다.

곤궁에서 피월려와 피월려(손)는 세 명의 태을노군을 상대로 이겼다. 수많은 검격과 뇌전이 오간 그 전투 끝에는 감, 간, 곤에 해당하는 태을노군의 분신과 손에 해당하는 피월려의 분신 모두 목각 인형이 되었고, 피월려는 밀려드는 우석상들을 피해 이곳으로 달아난 것이다. 하지만 그럼에도 심검을 막아낸 태을노군(중)의 깨달음과 비견할 만한 것을 얻지 못했다.

피월려는 들어가기를 망설이다 생각을 다시 한번 정리했다.

나와 태을노군은 왜 진법에 들어와서 이 난리를 벌이고 있는가?

결국 둘 다 입신에 들기 위함이다.

하지만 조금 다르다.

태을노군에게는 피월려가 목적 그 자체였으나, 피월려에게는 검선이 목적이며 태을노군은 갑자기 끼어든 장애물이다. 본래대로라면 제갈토의 도움을 받아 검선과 진법 내부에서 이 묘한 싸움을 하고 있었을 것이다. 제갈토가 어떤 종류의 도움을 주려 했는지는 모르지만 그가 진법의 주인인 만큼 그의 도움을 받으면 아마 검선을 충분히 상대할 수 있었을 것이다.

하지만 지금은 제갈토의 도움이 없다. 그리고 피월려가 따로 준비한 것도 없다. 그 반면 태을노군은 단단히 대비했는지 일 장이 넘는 강기충검과 더불어 유술까지 준비했다.

잠깐.

그의 목적은 심검을 이기는 것이 아니던가?

본인 스스로도 그렇게 외치지 않았는가?

유술을 통해 피월려를 상대할 순 있겠지만, 이는 심검을 무효화하는 것이지 심검을 이기는 것은 아니다. 강기충검도 마찬가지로 기습에 쓰려 한 수법이지 심검을 타파하기 위한 것은 아니다.

그 모순된 행동에 피월려는 혼란스러움을 느꼈고, 따라서 그가 본래 가지고 있는 혼란까지도 같이 가중되어 머리를 짓눌렀다.

그는 최대한 그 혼란을 해결하려고 생각을 집중했다.

무인은 자기보다 강한 상대를 상대할 때 가장 크게 성장한다.

그 상대가 가진 강함을 이길 수 있는 하나의 수를 준비하여 그것을 성공적으로 이끌면서 성장하는 것이다.

이 방법에는 크게 두 가지가 있다.

첫째는 백도적인 성장 방법이다. 더 강하고 깊은 깨달음을 얻은 선배들과 자주 비무하여 그들이 얻은 심득을 똑같이 배워나가는 것이다.

이미 답이 정해져 있고, 그것을 따라가는 입장인 백도인들은 스스로 돌파구를 찾기보다는 겸손한 마음으로 원래 자기 자신이 가진 점을 더 발전시켜서 나보다 더 강한 적을 정면으로 꺾으며 성장한다.

두 번째는 흑도적인 성장 방법이다. 더 강한 상대와의 싸움은 곧 목숨을 걸고 하는 것이기에 흑도인들은 그 싸움에서 필사적으로 변한다.

수단과 방법을 가리지 않고 기지를 발휘하여 상대의 강함을 무너뜨리는데, 이는 자기가 본래 가지고 있던 것을 강화하는 것보다는 새로운 것을 찾아내는 데서 그 답을 얻는다.

한마디로 말한다면 백도인은 칼날을 더 날카롭게 벼리고 흑도인은 더 날카로운 칼날로 교체하는 것이다.

방법이 이리도 다르기에 백도의 무공을 익히면서 흑도의 것처럼 눈앞의 강함만을 좇으면 안 된다. 조급한 마음으로 자기 무공을 버리고 새로운 것을 익히거나 자기 생각을 추가하기 시작하면 절대로 대성할 수 없다. 그렇다면 흑도인 역시 그 반대로 백도처럼 순수한 무학만을 좇다가는 오히려 대성할 수 없는 것이 아니겠는가?

피월려는 누라의 경우를 생각해 보았다.

그녀는 궁사로 원거리에선 강력하나 근거리에선 동급에게 밀릴 수밖에 없었다. 이는 궁술의 태생적인 한계 때문이다. 그래서 그녀는 궁술이 아닌 암공과 폭약을 병행하면서 지마의 자리에 올라섰다.

백도인이라면 그녀를 보고 코웃음 칠 것이다. 궁술만으로 오른 것이 아니기에 그것이 제대로 된 절정이 아니라고 말할 것이다. 하지만 그건 백도의 사상. 흑도에선 궁술이든 암공이든 폭약이든 지마는 지마이고 그뿐이다. 단지 그녀가 쌓아올린 탑에는 궁술만 있는 것이 아니라 암공과 폭약도 한 부분을 차지하고 있으면서 조잡하지만 그런대로 단단히, 그리고 우뚝 서 있는 것이다.

그런 그녀가 암공과 폭약을 버렸다. 이는 그녀를 천마로 이끈 것이 궁이라 믿었기 때문이다.

오로지 궁 하나로 천마에 이르렀기에 이젠 암공과 폭약이 옛날에 있던 약점을 보완하는 미봉책일 뿐이었다고 생각했다. 오로지 시강(矢罡)을 통해서만 천마의 무위가 나타난다면서.

그렇게 믿은 그녀는 패배하여 시신을 남기지도 못하고 무로 변했다.

그녀가 왜 그렇게 되었을까?

"나 때문인가?"

피월려는 가슴을 조여 오는 죄책감에 눈을 찡그렸다. 그것은 참으로 오랜만에 느껴보는 것이라 그런지 찌르르한 아픔이 있었다.

피월려는 누라와 태을노군의 싸움을 지켜보지 않았다.

왜?

보지 않은 것이 아니라 보지 못한 것이다.

자기도 잘 이해하지 못한 것을 그녀에게 던져놓고는 그 결과를 차마 볼 수 없었던 것이다.

그래놓고 허무하다고 궁상을 떨었단 말인가?

피월려는 몸을 가누기가 힘들었다.

그러나 극심한 심경 변화는 곧 용안심공에 의해서 사라지게 마련.

그것은 피월려가 원하던 원하지 않던 이뤄지는 것이다. 그는 숨을 몇 번 격하게 쉬는 것으로 몰려오는 무력감에서 벗어났다. 뿐만 아니라 오히려 그의 앞길에 놓인 방해물을 치울 길을 발견하기까지 했다.

냉정을 되찾은 피월려는 작게 중얼거렸다.

"정반대야. 태을노군은 백도에서 지향하는 성장 방법을 버리고 흑도에서 지향하는 방법을 택했어. 차분히 자기의 것을 발전시켰다기보다 조급한 마음으로 새로운 방도를 찾아 익혔어. 그런 그가 과연 깨달음을 얻었기에 심검을 막을 수 있었던 것인가? 아니, 그렇지 않다. 그럼 심검이 왜 막혔는가?"

피월려의 눈에 마기가 차올랐다.

그는 즉시 눈앞의 문을 열고 들어갔다.

몇 발자국을 걷지 않고 그는 어느새 진궁(震宮)에 들어서게 되었다.

진궁에는 드센 바람과 함께 폭우가 내리고 있었다. 하늘에는 먹구름이 가득했고, 땅은 비에 젖어 온통 진흙이었다. 거대한 괴수의 울음소리와 같은 천둥이 연속적으로 울렸고, 바닥으로 사정없이 내리치는 번개는 바닥에 고인 물을 일순간에 증발시켰다.

그런 진궁의 한가운데엔 짐승 한 마리가 있었다.

진궁 전체를 가득 메우는 강대한 마기를 뿜어내는 그 짐승은 피월려와 똑같은 모습이었는데, 그 이마에 건(乾) 자가 떠올라 있었다.

그 짐승 주변에는 총 아홉 개의 목각 인형이 있었다.

건(乾), 태(兌), 손(巽), 감(坎), 간(艮)의 목각 인형이 하나씩, 그리고 리(離), 진(震)의 목각 인형이 두 개씩이었다. 쌍으로 목각 인형이 된 것을 보면 피월려의 분신과 태을노군의 분신 둘 다 그 짐승에게 당한 것 같았다.

그리고 또 그 주변을 대략 이십 개가 조금 넘는 석상이 포위하고 있었는데, 모두 용 머리를 하고 쌍도(雙刀)를 들고 있었다. 그 용석상(龍石像)들이 다른 석상들과 다른 점이 있다면 마치 두려움에 떠는 듯 그 거대한 몸집을 파들파들 떨며 공격할 시도조차 못하고 있다는 점이다.

"살아 있지 않은 것에도 공포감을 주는 마기라⋯⋯."

피월려는 즉시 뒤에 잡히는 문을 열었다. 그리고 다시 그 문 안으로 도망쳤는데, 그 중앙에 있던 짐승과 눈이 마주치는 것을 느꼈다.

문이 닫히는 그 찰나, 그 짐승은 피월려의 앞까지 당도해 손을 뻗으려 하고 있었다.

쿵!

문이 닫히고 다시 빨려갈 듯 건궁으로 돌아온 피월려는 자기가 본 광경을 최대한 이해하려 했다.

"내 분신과 태을노군의 분신이 모두 목각 인형이 되었다는 건 그 짐승이 피아(彼我)를 구분하지 못한다는 것. 그렇다면 그 짐승은 건에 해당하는 내 분신이 자아를 잃을 정도로 선천지기를 모조리 폭주시킨 것이다. 그렇기에 석상조차도 두려움을 느끼는 그런 마기를 뿜어냈던 것."

한계 끝까지 폭주시켜 짐승이 된 피월려(건)의 생각은 의외로 간단히 추리할 수 있었다.

구궁 중에서 뇌의 기운을 품은 진궁이야말로 태을노군에게 가장 유리한 전장이니 그곳에서 마기를 한계까지 폭주시켜서 자기가 짐승이 되면 태을노군도 함부로 진궁에 자리를 잡지 못할 것이기 때문이다.

"태을노군의 분신은 감, 간, 곤, 태가 죽었지. 그리고 내 분신은 손, 곤이 죽었고. 거기에 아홉을 더하면… 살아 있는 건 셋이 남는군. 그중 하나는 짐승으로 변한 내 분신이고… 나머지 둘은 나와 태을노군(중)이다."

그렇게 생각을 정리한 피월려는 자기 자신을 내려다보며 한숨을 내쉬었다.

"그건 그렇고, 보자마자 도주하다니… 참 나, 검선을 어찌 상대하려고……."

방금 전에는 다시 건궁으로 도주하자는 결정에 그의 내면에 존재하는 그 모든 것이 만장일치로 동의했다. 자존심, 호승심, 극양혈마공, 용안심공 등등…….

그 괴물이 뿜어내는 마기는 두려움을 느낄 수 없는 것에도 두려움을 주는 신마(神魔)의 그것이니 그 무엇도 도주하자는 결정에 반대할 수 없었던 것이다.

그도 그런 것이, 종남신검을 상대하기 위해서 결심하고 들어갔는데 그런 어처구니없는 것이 기다릴 줄 누가 알았겠는가?

"천마에 이른 마인이 폭주하면 그런 짐승이 되는 건가? 후우."

피월려는 애써 그 짐승을 머릿속에서 지웠다.

그러곤 걸음을 옮겨 서문으로 갔다.

그는 그렇게 한동안 빈 구궁들을 돌아다녔다. 석상이 나오기 전에 한 궁에서 다른 궁으로 움직였다. 그 와중에도 방위를 생각해서 절대 진궁에 들어가지 않았다.

그렇게 네 번째 궁에 도달했을 때, 그는 처음 그가 본 연무장에 도착할 수 있었다.

중궁에 해당하는 그 연무장 중앙에는 태을노군(중)이 가부좌를 틀고 앉아 있었다. 그는 피월려의 존재를 감지했는지 서서히 눈을 떴는데 그 눈 속에는 고요함이 가득 흐르고 있었다.

태을노군(중), 아니, 태을노군이 대뜸 물었다.

"그것과 마주했는가?"

피월려는 그가 무엇을 말하는지 바로 알았다.

"마주했소."

"도주했군."

"그렇게 말하는 종남신검도 도주한 것 아니오?"

"격차를 아는 것도 실력이다. 심검을 막은 그 감각을 완전히 내 것으로 만들어야 상대할 수 있을 터이니."

"아직 그 깨달음을 소화하지 못하셨군."

"그것은 천마에 이른 마인이 마성에 완전히 젖은 것이니 그 기력이 쇠하기까진 입신으로 봐도 무방하지. 그것을 상대하기 위해선 그 깨달음을 완전히 내 것으로 해야 해. 때문에 이곳에서 심검마를 기다린 것이고."

"……."

"과거 백도에서 몇 번이나 흑백대전에 승리하고 교주까지 죽이고도 마교의 잔당들을 말끔히 씻어내지 못한 가장 큰 이유를 아는가?"

피월려는 그 질문의 답은커녕 의도도 알 수 없었다.

"모르오."

태을노군이 피월려를 지그시 응시하며 말했다.

"바로 천마급 마인들의 무분별한 폭주 때문이다. 짧지만 그 순간만큼은 구파일방의 초절정고수들이 합공을 하여도 학살을 당하지 않으면 다행인 게야. 입신의 고수라도 승리를 장담할 수 없지. 도교에서 흔히 수라(修羅)라 부르는 그 짐승은 오로지 소림승의 불공만이 제대로 상대할 수 있어. 그 외의 수단은 기력이 쇠할 때까지 기다리는 것뿐."

"수라… 그것이 사실이라면 이미 마도천하가 되었을 것이오."

"그 짐승이 피아를 구분하고 며칠이라도 살아 있을 수 있다면 그랬을 것이다. 백도의 마지막엔 수많은 은거기인들의 범중원적인 협력이 있다면, 흑도의 마지막엔 천마급 마인의 자기희생적인 폭주가 있지. 이 두 가지 때문에 지금까지도 어느 한쪽이 완전히 소멸되지 못한 것이다. 마공에 입신의 경지가 있다면 바로 그 짐승의 상태로 이성을 가지고 생명을 유지하는 것이겠지. 허나 지금껏 어느 마인도 그 경지에 이르지 못했어. 아니, 애초에 허무맹랑한 소리일 것이다."

피월려는 가도무가 생각났다. 그는 반 폭주 상태의 불안정한 마공을 가지고 마교 역사상 다시는 나올 수 없는 긴 시간을 버티면서 이성을 유지했다. 그러다 마성에 완전히 젖어들었을 땐 사천당문을 홀로 멸문시킬 힘이 있었으니 그때만 하더라도 태을노군이 말한 대로 입신에 비할 수 있는 수라였을 것이다.

하지만 가도무는 결국 그 강대한 힘을 잃어버리고 기력이 쇠하여 피월려에게 죽었다.

가도무도 실패한 것이다.

피월려가 말했다.

"여기서 나를 넘고 그 짐승… 아니, 수라에게 갈 생각이오?"

"여기서 심검을 뛰어넘는 그 깨달음을 재확인하고 진궁의 뇌기의 도움을 받는다면 수라를 상대하여도 승리할 수 있겠지. 만일 그곳까지 이른다면… 천하제일고수는 본좌가 될 것이다."

"……"

태을노군은 자리에서 일어나며 말했다.

"내가 왜 하필 이곳에서 심검마를 기다렸는지 이유를 알겠나?"

피월려는 떠오르는 생각을 그대로 말했다.

"기다렸다면 이곳에 오래 있었다는 것이고, 오래 있었다면 응당 나타나야 할 석상이 없는 것을 보니 이곳에선 석상이 나타나지 않는가 보오. 즉 석상의 방해를 받지 않고 일대일 격전을 벌이기 위해 이곳에서 기다린 것이오."

태을노군은 그답지 않은 인자한 미소를 지으며 부드럽게 말했다.

"과연 심검마."

"……."

피월려는 너무나 생소한 분위기의 태을노군에게 적응이 되지 않았다.

태을노군이 다시 물었다.

"나이가 어찌 되는가?"

"스물일곱이오."

"그 나이에 백도에서 상상할 수도 없는 경지에 이르렀군. 본좌가 처음 나뭇잎을 뇌기로 태웠을 때가 이십육 세였거늘……."

"정공과 마공의 차이일 뿐이오. 본 교에선 그만큼 수많은 자들이 피를 흘리고 무공을 잃으며 죽기까지 하오. 마공으로 백 중 하나가 성공한다고 하면 정공으론 백 중 하나가 실패하니 말이오."

"마공을 익히는 자가 만이 넘으니 하는 말 아닌가. 게다가 백도의 제자 백 중 하나가 실패한다는 말도 과장이 심하지."

"……"

"왜, 본좌가 평정심을 유지하는 것이 그리 낯선가?"

"그렇소."

"한 사람의 모습을 하나로 정할 수 있단 말인가? 모든 이가 다양한 면을 가지고 있는 것이지. 그 다양함이 아무리 적은 사람이라도 피아를 구분하는 두 개까지는 인간이라면 누구에게나 있지."

"지당한 말이오. 한데 왜 적인 나에게 평온한 모습을 보이시오?"

"심검마에겐 그 수라가 두 면을 가진 것 같이 보였나, 아님 그 누구에게도 이빨을 드러내는 것 같았는가?"

"……"

"이는 검선도 마찬가지. 폐관수련을 마치고 나온 그는 지금까지 단 한 번도 두 개의 면을 보여준 적이 없지. 이것이 무엇을 뜻하겠는가? 입신에 들어서기 위해선 우리가 우리를 보호하기 위해 무의식적으로 만들어낸 수많은 자아의 합일 또한 이뤄져야 한다는 것일세."

"……."

"즉 본좌가 애제자를 보는 눈빛, 그리고 심검마를 보는 눈빛이 같게 될 때야말로 입신에 들어섰다 할 수 있을 것이다."

태을노군은 구천구지검을 앞으로 뻗으며 그 속에 분광검강을 담았다. 그러곤 그 광폭한 기운과는 전혀 어울리지 않는 조용한 목소리로 물었다.

"선공하겠나?"

피월려는 소소를 잡은 손에 힘을 주며 대답했다.

"후배를 배려하실 필요는 없소."

"그럼 실례하지."

태을노군은 분광검강을 하늘로 뻗었다. 그렇게 낙뢰검공을 펼치며 뇌기를 하늘로 쏘면서 동시에 앞으로 화살처럼 쏘아졌다.

이미 몇 번은 경험한 수법.

하늘과 땅에서 동시에 공격하는 것이라면, 해법은 그것을 하나로 만드는 것.

피월려는 금강부동신법을 펼쳐 태을노군에게 다가갔다. 그리고 둘의 검이 서로에게 닿을 찰나, 다리를 굽히며 몸을 뉘여 그대로 땅에 눕다시피 했다.

그러자 구천구지검에서 생성된 분광검강이 위에서 찍어 내리듯 직선으로 떨어졌다. 피월려는 심검을 빳빳이 세워 들곤 그 끝에서 검강을 뿜어내며 검날과 검날을 맞댔다. 그때 마침 하늘에서 낙뢰가 떨어졌다.

'쾅' 하는 소리와 함께 분광검강과 낙뢰, 그리고 피월려의 검강이 부딪쳐 폭발했다.

검강 속에 담긴 기(氣)는 빛과 열로 화했고, 힘은 전 방향으로 퍼지며 모든 것을 밀어냈다. 마치 작은 폭탄이라도 터진 것 같았다.

피월려와 태을노군은 쭉 뒤로 밀렸다. 거의 동시에 균형을 잡고 섰는데, 서로를 바라보는 눈빛에 호승심이 불타고 있다.

태을노군이 말했다.

"그러고 보니 심검마의 검강을 보는 건 처음이군."

"딱히 쓸 일이 없었소."

태을노군은 눈을 부릅떴다가 곧 허리까지 뒤로 젖히며 광소했다.

"크하하! 과연! 하하하! 그보다 더 심검마의 검공을 잘 설명할 길은 없을 것이다. 크하하!"

"내 검강을 맛본 소감이 어떻소?"

태을노군은 나지막하게 소감을 말했다.

"강기란 그것을 집약한 의지가 포함되어 검공의 묘리가 실질적으로 나타나지. 내 분광검강은 뇌기(雷氣)를 담는 것을 넘어서 벼락 그 자체이고, 검선의 유풍검강은 풍기(風氣)를 넘어서 바람 그 자체이니… 심검마의 검강은 무형(無形) 그 자체! 설마 무형검으로 강기를 뽑아내다니, 무형검강(無形劍罡)이라 칭해야겠군. 마공과 심공만 무서운 것이 아니야. 크하하!"

"……."

무형검을 익혔다는 건 다른 말로 하면 검공을 아예 익히지 않았다는 뜻이다.

즉 검공을 익히지 않고 검강을 내뿜는 피월려는 검 그 자체에 있어서 엄청난 경지를 이룩한 것이고, 그것을 새로이 깨달은 태을노군은 순수하게 즐거움을 느꼈다.

태을노군이 갑자기 광소를 뚝 그쳤다.

"실수였다, 심검마! 내게 검강을 보여준 것은!"

"실수?"

"그런 실수를 하다니 역시 천운이 나를 따르는군!"

"그것이 무슨 실수라는 것이오?"

태을노군은 이미 승리를 점쳤다는 듯 미소 지으며 말했다.

"네 심검은 그저 무형강기를 어기충검으로 붙잡은 것 아니더냐!"

"……."

"이태극이 아니라 삼태극(三太極)이었어! 심검과 마공이 아니야! 별호 그대로 심(心)! 검(劍)! 마(魔)! 네 무공은 태극을 셋으로 쪼갠 것! 심공으로 적의 마음을 읽고, 검으론 무형검을 펼치며, 마공으로 내력을 증폭하는 것."

"……."

태을노군이 단언했다.

"본좌가 이미 이겼느니라."

"뭐, 길고 짧은 건 대봐야 알지 않겠소."

"믿지 못하겠거든 오거라. 최고의 것으로. 어차피 서로 속 전속결을 해야 하는 입장이니."

피월려는 금강부동신법을 펼쳤다.

그리고 태을노군의 단전을 향해 심검을 내질렀다.

태을노군은 확신에 찬 표정으로 구천구지검을 붙잡았다.

그리고 양손으로 분광검강을 한계까지 집약하여 피월려의 심검을 향해 휘둘렀다.

서걱.

심검이 구천구지검의 뿌리까지 베고 태을노군의 단전을 뚫었다.

그와 동시에 태을노군의 기혈이 모조리 터졌다.

그의 얼굴에 있는 칠규(七竅)에서 핏물이 터져 나왔다.

그의 하체에 있는 하규(下竅)에서 오물이 새어 나왔다.

그는 무릎을 꿇었다.

"커억! 있, 있을 수 없……."

피월려는 심검을 그의 단전에서 뽑아내며 말했다.

"종남신검이 그때 내 심검을 막을 수 있었던 것은 어떤 깨달음을 얻었기 때문이 아니오."

"쿨컥!"

"단지 그때 내가 극양혈마공을 폭주시켰기에 용안심공이 완전히 펼쳐지지 못해 그렇게 된 것이오. 모르셨겠지만, 내 심검은 마공이 없을 때 깨우친 것이오. 음양의 조화가 깨질 정도로 마공을 극성으로 펼칠 땐 심검이 제대로 발동하지 않소. 그것이 내가 이뤄야 하는 합일이지."

"……."

"역시 초절정끼리 싸우면서 입신을 깨달을 순 없었던 것이오. 입신을 상대해야 입신을 깨달을 수 있지 않겠소?"

"……."

"집착이 환상을 만들었소, 종남신검. 입신을 향한 집착이 멋대로 강기충검을 만들었고, 멋대로 유술을 만들었고, 멋대로 삼태극을 만들었소. 이번 싸움을 통해 입신에 들 것 같진 않지만 그래도 좋은 것을 배워가오. 아주 허무할 것 같지만은 않군. 잘 가시오."

두 눈을 피월려에게 고정한 태을노군은 무언가 말을 하려고 안간힘을 썼다. 그러나 그는 곧 힘없이 고개를 떨어뜨리며 앞으로 쓰러졌다.

그렇게 그의 마음에 있는 심규(心竅)에서 혼이 흘러나왔다.

피월려는 조금 멀리 물러났다. 그리고 눈을 감고 가부좌를 틀고 앉아 깨달음이 조금이라도 있기를 희망하며 태을노군과의 싸움을 머릿속으로 재구성했다.

그렇게 얼마나 시간이 지났을까?

피월려는 심상세계에서 그가 떠밀려 올라가는 것을 느꼈다.

외부의 힘에 의한 것으로 그가 원하지 않아도 계속 집중이 흩어지고 생각이 난잡해졌다. 마치 어린아이가 행복한 꿈을 꾸다가 잠에서 깰 것 같아 꿈속에 있으려 발버둥치는 것 같았다.

결국 저항하기를 포기한 그가 육안을 떴다.

몸을 시원하게 하는 맑은 공기.

구멍 난 천장에서 쏟아지는 햇살.

피월려는 모든 진법이 붕괴되어 그가 현실로 돌아왔다는 걸 단박에 알 수 있었다.

그의 앞에 서서 무현금을 품에 가지런히 모은 제갈극이 그를 보며 말했다.

"시간이 다 되었느니라."

"얼마 정도 남았소?"

"일다경 이내로 검선이 도착할 것이니라."

"벌써 그렇게 되었군."

"싸움은 어땠느냐? 깨달음은?"

피월려는 힘없는 목소리로 대답했다.

"그저 허무한 싸움이었소. 나는 허무하게 이겼고, 그는 허무하게 죽었소."

"......"

"......"

"아쉽게 되었군."

피월려는 무심코 제갈극이 가지고 있는 무현금을 보고 물었다.

"능수지통은 어떻게 되었소?"

제갈극은 마치 책을 읽는 것처럼 무미건조하게 말했다.

"죽었다."

"......"

"반술에 당해 뇌가 엉켰느니라."

"무현금을 연주하는 능수지통이 기문둔갑으로 졌다는 말이오?"

"아마 누님도… 성하진 못할 것이다. 당장 죽어도 이상할 게 없는 상태일 거야."

피월려가 물었다.

"밖에서 반술을 펼친 것이 제갈미가 확실하오?"

제갈극이 차분한 눈길로 피월려를 응시했다.

"전 중원을 뒤져도 그 일을 할 수 있는 사람은 없느니라. 그 일말의 가능성이 있는 사람조차 미 누님밖에 없느니라. 그런데 실제로 그 일이 일어났으니 이는 논리적으로 미 누님께서 하신 것이지. 그 험난한 길을 끝까지 걷고 걸어서 그 연약하고 미약한 육신으로… 결국 복수에 성공하셨지."

"그래서 가주에게 복수한 제갈미를 죽이실 생각이오?"

"설마……. 미 누님은 본좌가 유일하게 인정하는 혈육이니라. 제갈 성을 사용해도 부족함이 없는 분이지. 미 누님과 본좌 외에 그 누구도 제갈이라는 성을 가질 자격이 없다."

"……."

"앞으로 검선은 어쩌겠느냐? 본좌는 가주만큼 유곡공내진도 혼진분존진도 펼치지 못한다. 완벽이 아니라면 어차피 입신에겐 무용지물. 미 누님께서도 그럴 수 있는 기력이 없을 것이다. 아니, 기력만 없는 것이라면 그나마 다행이지."

"그럼 현실에서 싸우는 수밖에."

"자신 있느냐? 아니, 실낱같은 희망이라도 있는 게냐?"

"글쎄… 어차피 도주도 불가능하지 않소?"

"본좌는 전에 말한 대로 가솔들을 데리고 진법 안에 숨을 생각이다. 어차피 결국 검선에게 들키겠지만. 뭐, 무슨 의미가 있겠냐만 혹 따라오겠다면……."

피월려가 제갈극의 말을 잘랐다.

"됐소."

"……."

"제갈미는 어디 있소?"

"위에 있을 것이다. 이 저택의 가장 높은 곳에."

피월려는 제갈극에게 포권을 취했다.

"제갈극, 좋은 인연이었소. 다음에 만날 수 있다면 술을 가르쳐 드리겠소."

"……."

"그럼."

피월려는 미련 없이 몸을 돌렸고, 제갈극은 그의 뒷모습에서 쉽게 눈을 떼지 못했다.

＊　　　　＊　　　　＊

피월려는 밖으로 나와 그가 빠져나온 저택을 보았다. 진법의 영향이 없어지니 전에 보이던 그 웅장함은 다소 사라진 채였다. 그러나 여전히 어디에 내놔도 손색없을 크기긴 했다.

하늘은 푸르렀고 새로운 아침을 알리는 태양빛이 사정없이 내리쬐는 가운데 피월려는 경공을 펼쳐 저택의 지붕 위를 걸었다.

한 발, 한 발 천천히.

그는 곧 그 저택의 꼭대기에 앉아 있는 노파를 볼 수 있었다.

노파의 머리카락은 희고 등은 굽어 있었다.

설마 아니겠지.

뒤돌아 있던 노파가 말했다.

"더 다가오지 마. 죽이기 전에."

제갈미의 목소리다.

피월려는 다리에 힘이 풀리는 것을 느꼈다.

때문에 더 다가가고 싶어도 다가갈 수 없었다.

노파가 다시 말했다.

"보고 싶었어. 근데 막상 앞에 오니까 볼 수가 없네. 무서워서."

"……"

노파는 한숨을 내쉬었다.

"하아, 이상해. 후련할 줄 알았거든. 근데 뭐, 전혀 후련하지 않아. 그냥 똑같아. 짜증 나고 열받고. 아, 한 가지 다른 게 있긴 하네. 허무하달까? 역시 괜히 옛말이 있는 게 아니야. 정말 복수는 할 만한 게 못 되네."

피월려가 물었다.

"언제부터 준비한 것이지?"

노파가 잠시 뜸을 들이다 말했다.

"처음부터."

"처음부터?"

"응, 처음부터. 내가 말했잖아. 제갈세가를 부숴 버리고 싶다고. 기억 안 나?"

"……."

"그럼 적어도 처음 만난 날은 기억해?"

"……."

"내 배를 쫘악 갈랐잖아. 기억나지?"

"아니, 그런 적이 있었나?"

"응. 나는 너무 생생하게 기억해."

"……."

"처음 우리 같이 잔 날은? 그건 기억해?"

"그건 기억한다. 물속이었지, 아마? 서안의 지소였지."

"누가 남자 아니랄까 봐 하여간……."

"……."

"솔직히 다 기억하지? 장난치는 거잖아, 지금."

"응, 맞다. 장난치는 거."

노파가 자기 흰머리를 쓸어내리며 나지막하게 말했다.

"고마워."

"뭐가?"

"그냥 다. 네가 아니었으면 복수에 성공할 수 없었을 거야."

"도움이 됐다니 다행이네."

"나한테 화 안 낼 거야?"

"내가 왜?"

"그야… 속였잖아. 그리고 배신했지."

"……."

"객잔에서 헤어지고 나서 소식 들었어. 능수지통이 검선을 암살하려 했다는 걸. 절호의 기회가 찾아왔다는 걸 바로 깨달았지. 그래서 내 발로 무림맹에 찾아갔어. 찾아가서 능수지통을 죽이는 데… 아니, 제갈세가를 멸문하는 데 협력하겠다고 했지. 그 말을 들은 태을노군이 나에게 동행을 제의했어. 제갈세가로 향한 너와 일전을 벌이기 위해선 능수지통의 진법을 막아줄 내가 필요했으니까."

"그 이야기는……."

노파가 피월려의 말을 잘랐다.

"내가 능수지통의 진법을 파훼하려 하지 않았다면 너는 손쉽게 태을노군을 죽일 수 있었을 거야. 내가 파훼하려 했기 때문에… 대등한 조건이 되었고… 너도 죽을 수 있었지."

"……."

"네가 위험에 빠지게 된다는 걸 알고 있었어. 알고도 그렇게 했어. 나는… 나를 구속하고 실험하고 내 어머니와 오라버니를 죽인 능수지통을… 그토록 미워했어. 내게 새로운 삶을 준 은인을 위험에 빠뜨려서라도… 내게 처음으로 말동무가 되어준 친구를 위험에 빠뜨려서라도… 그리고… 그리고 말이야. 내가 사랑하는 사람을 위험에 빠뜨리고서라도……."

"……."

"그리고 이렇게 이룬 복수야. 근데 이게 뭐야? 호호호, 꼴좋아. 정말이지, 자업자득은 이럴 때 쓰는 말이구나? 이게 뭐라고……."

"……."

"피월려."

"응?"

"나 싫어?"

"아니."

"나 미워?"

"아니."

"그럼? 나 괜찮아?"

"응."

"나 좋아해?"

"응."

"사랑해?"

"……."

"헤헤, 안 걸려드네."

"……."

"그냥… 나랑 같이 살래? 어디 산에나 들어가서 말이야. 이렇게 된 외모야 뭐 기문둔갑으로 바꾸면 되지. 그리고……"

"제갈미."

"그리고 아이도 낳자. 내가 아는 기문둔갑으론 가능할진 모르겠지만 스승님의 가보를 알고 있으니까. 그걸로 새로이 연구하면 될 거야."

"제갈미."

"할 수 있을 거야. 충분히. 아마 가능은 할 거야. 분명. 아, 맞다. 그래, 가주의 무현금을 이용하면 말이야, 심력이 배가되니까. 그걸 이용해서 방도를 구해보면 반드시 찾을 수 있어. 확실해."

"제갈미."

"……."

"제갈미."

"나 최악이지?"

"……."

"추하지?"

"……."

"사실 오래전 죽어야 할 목숨이긴 해."

"……."

"나 혼자 있고 싶은데… 좀만 시간을 줄래?"

"……."

"바로 따라 내려갈게. 뭣하면 좀 멀리서 지켜보든지."

"……."

"응? 부탁이야."

"알았어."

피월려는 고개를 돌렸다.

그리고 한 걸음 옮기려 했다.

그러다 검선에 대한 생각이 미쳤다.

피월려는 고개를 돌리며 말했다.

"검선이 오고 있으니까 빨리 내… 제, 제갈미?"

피월려가 고개를 돌린 곳엔 제갈미가 없었다.

           *   *   *

모자라다.

턱없이 모자라.

힘이 부족해.

시간이 부족해.

좀 더.

조금 더.

마성에 젖는다?

선천지기가 증발한다?

그래서 뭐?

뭐가 중요하지?

내 몸이 떨어지는 속도를 높일 수만 있다면 말이야.

저 몸이 떨어지는 속도를 늦출 수만 있다면 말이야.

다 줄게.

다.

제발 빨라져.

제발 느려져.

내 손에 닿게 해줘.

저 발에 닿게 해줘.

왜 그런 거야?

무엇 때문에?

어째서 죽음을 선택하는 거야?

어째서 삶을 포기하는 거야?

이기적이잖아.

내가 어떻게 견디라고?

아버지도 날 버렸어.

스승님도 날 버렸어.

너도 날 버릴 거야?

또 나 혼자 내버려 둘 거야?

아니야.

뭐가 더 있을 거야.

다시 한번 점검해 보자.

내력은 바닥이야. 확실해.

그럼 선천지기는? 역시 다 쏟아부었어.

뭐가 더 없나?

마음?

영혼?

그런 걸 소비하는 무공은 없나?

진작 배웠어야 해.

멍청하기는.

어?

멈췄어?

다행이야.

정말 다행이야.

어떻게 멈춘 거지?

지금 그게 중요한 게 아니야.

살아 있어야 의미가 있지.

일단 팔을 붙일까?

아니야.

깨진 머리를 복구하는 게 먼저지.

일단 두개골 파편을 모으자.

그래.

두개골을 모으다 보면 거기 묻어난 뇌도 같이 모을 수 있으니까.

일석이조네.

몇 개나 되나?

용안에게 물어볼까?

서른네 개?

생각보다 많지는 않네.

그럼 끼워 맞춰볼까?

일단 가장 큰 것부터.

흐음, 뼈가 안 붙는 걸 보니 회복이 안 되고 있네.

마기를 불어넣어서 회복력을 끌어 올려야겠어.

천음지체의 음기에 조화를 맞추는 게 중요하겠지.

머리니까 뇌해혈에 내력을 불어넣는 것이 좋겠지.

하지만 머리가 터져서 뇌해혈이 없잖아.

그럼 뇌에 직접 손을 대야 하나?

물컹거려서 썩 좋진 않네.

하하하!

똑똑한 척하더니 별반 다를 거 없어.

다른 인간들이랑 똑같은 뇌잖아.

응?

아, 맞다.

불어넣을 내력이 없지.

그럼 어떡하지?

흐음.

수가 없나?

다른 수가 없나?

없어?

그럼?

제갈미는 죽은 거야?

제갈미는 죽은 거야?

제갈미는 죽은 거야?

제갈미는 죽은 거야?

"설마 죽었겠어?"

피월려는 노파의 시체에 파묻은 고개를 들었다.

그곳엔 제갈미가 서서 그를 내려다보고 있었다.

제갈미가 고개를 살포시 숙이며 웃었다.

"짠! 안녕!"

피월려의 표정에 안도감이 떠오르며 그는 숨을 격하게 내쉬었다.

"하, 아, 하하, 하아!"

제갈미가 장난스럽게 물었다.

"놀랐지?"

안도감 이후에 갑자기 찾아온 분노에 피월려는 소리를 질렀다.

"너! 제갈미! 미쳤어? 진짜 미쳤어? 어떻게 이런 장난을 칠 수 있지? 어?"

제갈미는 영문을 모르겠다는 듯 고개를 갸웃했다.

"응? 내가 미쳤다니? 미친 건 너야."

"내가?"

제갈미가 고개를 끄덕였다.

"미치지 않고서야 죽은 내가 살아 있는 것처럼 보일 리가 없잖아?"

피월려의 얼굴이 굳었다.

"죽었다고?"

"응. 봐봐. 지금도 네 용안이 네 정신을 치료하느라 바쁘잖아."

"……."

"좀만 있으면 나도 사라질 거야."

"왜? 왜 사라져? 또 사라지겠다는 거냐?"

"어쩔 수 없지. 용안이 있는 한 절대 미칠 수 없으니까."

"……."

"그럼 이만 작별 인사할게."

"가지 마."

"응?"

"가지 말라고."

"허상인 나는 용안과 공존할 수 없다니까."

"그럼 어떻게 해야 하는데?"

제갈미는 두 손을 들어 자신의 두 눈을 가렸다.

"용안을 뽑아."

"그럼 돼? 그럼 안 가?"

"응."

"알겠다. 그러니까 가지 마."

"응."

피월려는 서서히 양손을 내려다보았다.

그리고 용안신공에 의해서 슬픔도 감정도 서서히 옅어져 가는 것이 느껴졌다.

이대로 제갈미도 보이지 않게 되겠지.

지겹다.

못 미치는 게 지겹다.

미치고 싶은데, 왜 미치지 못할까?

피월려는 양손을 양쪽 눈에 넣었다.

그리고 눈알과 인공영안을 단번에 빼버렸다.

용안이 사라졌다.

그와 함께 용안심공도 사라졌다.

때문에 태극음양마공도 사라졌다.

남은 건 극양혈마공뿐.

피월려는 그의 소원대로 미칠 수 있었다.

그는 괴물이 되었다.

*　　　　　*　　　　　*

"태상장문인! 큰일입니다!"

검선 이소운은 그를 부르는 소리에 일주천을 멈췄다. 외우주와 내우주가 하나가 된 그는 어느 순간에도 운기조식을 시작하거나 멈출 수 있었다.

하나 그의 가슴 깊이 느껴지는 통증은 완전히 사라지지 않은 채 여전히 그의 심력을 낭비시켰다.

제갈토가 남긴 그것은 단순히 기혈을 망가뜨리는 것을 넘어서 그의 마음과 정신에도 영향을 미치고 있었고, 마교와의 싸움으로 회복이 지연되어 지금까지도 그를 괴롭히고 있었다.

이소운은 걸음을 유지한 채로 천천히 눈을 뜨며 말했다.

"왜 이리 호들갑이시오, 훈명계 장로."

가지런한 차림채로 허리에 장검을 차고 있는 무당파 장로 훈명계의 얼굴에는 다급함이 가득했다. 그는 이소운과 속도를 맞춰 뒷걸음질하면서 빠르게 말했다.

"방금 막 태을노군의 진언을 가져온 제자가 도착했사온데 그가 기다리지 않겠다고 말하고 먼저 진법 내부로 들어가 버렸다고 합니다. 그리고 살아남은 여덟 제자도 봉변을 당했다 합니다!"

이소운은 걸음을 멈추지 않고 말했다.

"이미 예상한 것이오."

"……."

"한데 태을노군은 종남파를 버리고 홀로 움직인 것으로 알고 있는데 누가 제자에게 그의 말을 전한 것이오?"

"명봉 제갈미라 들었습니다."

"아, 명봉과 함께했는가? 그래서 자리를 비운 것이군."

훈명계는 겨우 분노를 참아내며 씹어 내뱉듯 말했다.

"흑백대전이었습니다. 수많은 제자들이 죽고 촉망받던 후기지수들도 죽었습니다. 그런 싸움에서 자기 개인의 욕심 때문에 자리를 비우다니요. 태을노군은 무림맹에 있을 수도 없고 있어서도 안 되는 자입니다. 아니, 구파일방의 장문인으로도 턱없이 부족한 자입니다."

이소운은 미소 지었다.

"그래도 다행이오."

"무엇이 말입니까?"

"아주 앞뒤를 안 보는 자는 아니지 않소? 나는 설마 그가 능수지통의 진법이 깔린 곳에 무작정 들어갔을까 염려했소. 명봉이 함께했다면 그 정도로 어리석은 생각은 안 한 것이지."

"태상장문인!"

"너무 걱정하지 마시오. 그가 우리와 함께하지 않는다고 한들 변하는 것은 없소."

훈명계는 잠시 뜸을 들이다가 이내 그의 생각을 사실대로 말했다.

"허나 태상장문인께서는 아직 완벽히 쾌차하지 못하셨습니다. 최악의 경우 능수지통이 마교와 내통하여 마교의 잔당들이 그를 보호하고 있다면 앞으로 얼마나 더 많은 제자들을 잃을지 걱정이 앞섭니다."

이소운이 그를 부드럽게 타일렀.

"제갈가에 마인이 있었다면 진즉 낙양으로 고수들을 파견했을 것이오. 첩보에 의하면 교주가 모든 마인을 낙양으로 불러 모은 것을 알지 않소? 그러니 우리는 가서 이미 반쯤 괴멸된 제갈세가를 포위하고 투항을 이끌어내면 될 것이오. 심려놓으시오."

훈명계는 눈길을 아래로 내렸다.

"…알겠습니다. 태상장문인께 추태를 보였습니다. 용서하십시오. 최근 젊은 제자들이 많이 희생되어 마음을 다스리기가 어렵습니다."

훈명계의 눈길에는 아직 걱정이 가시질 않은 듯 보였다. 그러나 이소운은 그를 이해했다.

모든 걸 떠나서 그만큼 무당파의 안위를 걱정하는 사람이 없기 때문이다.

이소운이 전음으로 말했다.

[죽은 태극진인들에게 너무 마음 두지 마시오. 아시다시피 그들은 속가제자와 다름없소. 엄밀히 말하면 속가제자보다 못하지. 사문보단 자기를 더 아는 자들이니.]

훈명계는 그 말을 듣자 다시 속에서 무언가 치솟는 것을 느꼈다. 그는 최대한 그것을 참아냈지만, 아쉽게도 그는 할 말을 하지 않고는 못 사는 성격이었다.

"그들도 제자입니다, 태상장문인! 그리 말하실 수 없습니다! 아니, 그렇게 말해선 안 됩니다! 원래 젊을 때는 사문보단 자기를 우선순위에 두고 그러는 것입니다. 나이가 들어서야 사문의 은혜를 깨닫게 되는 것이지요. 젊은 제자들이 그런 치기 어린 생각을 한다고 해서 그들이 무당파의 제자가 아니라는 것처럼 말씀하시면 정말 아니 됩니다!"

이소운은 부드러운 미소를 지었다.

"물론 그렇소. 내 실언했소. 미안하오, 훈 장로. 옆에 제자들이 듣고 있지 않소?"

훈명계가 보니 주변에 있던 일대제자들이 무슨 영문인지 몰라 그를 묘한 눈길로 보고 있었다.

"……"

훈명계는 꿀 먹은 벙어리처럼 입을 다물었다.

이소운은 깨끗하게 사과했지만 훈명계는 오히려 가슴에 답답함이 가중되는 것을 느꼈다.

이소운과 대화하면 항상 이런 기분이 들어 대화하지 않는 것보다 못했다.

신의 경지에 이르러 보이는 것이 달라졌기 때문일까? 훈명계는 이소운을 이해하려고 애썼다.

여느 때처럼.

이소운이 말했다.

"어차피 길을 서두른다고 달라지는 것은 없소. 지금처럼 천천히 걸읍시다. 그들도 감히 도주할 생각은 하지 못할 것이오."

훈명계는 숨을 깊게 들이마시고 고개를 숙였다.

"알겠습니다, 태상장문인."

이소운은 계속 걸으면서 눈을 감았다. 앞이 보이지 않는 채로 걸음을 유지하고 그 상태로 운기조식을 하는 그의 모습은 가히 신선의 그것과도 같았다. 훈명계도 그것을 처음 봤을 땐 경외감마저 느꼈다.

하지만 이제는 벽을 보는 것 같은 답답함밖에 느껴지지 않았다.

무당파 일행은 다시 걷기 시작했다.

얼마나 걸었을까?

이소운이 갑자기 걸음을 멈추고 그 자리에서 굳은 듯 미동도 하지 않았다.

그것을 처음 눈치챈 훈명계는 손을 번쩍 들어 올렸고, 그를 본 다른 제자들도 모두 멈춰 섰다.

"무슨 일이십니까, 태상장문인?"

훈명계의 질문에도 그의 등에 역으로 매단 태극지혈만이 작게 흔들거릴 뿐이다. 훈명계가 다시 물으려는데 이소운의 눈이 갑작스레 떠졌다. 그 눈동자에 가득 찬 기운을 마주한 훈명계는 위압감을 느껴 말이 다시 속으로 들어가는 것 같았다.

이소운이 진중한 목소리로 말했다.

"제자들을 이끌고 지치지 않는 선에서 따라오시오."

그 말을 남기고 이소운의 모습은 바람이 되어 사라졌다.

무당파 고수들이 영문을 몰라 어리둥절해하고 있는데, 오로지 훈명계만이 옆에 있는 산꼭대기를 바라보고 있었다.

이소운은 이미 그 산을 넘고 있었다.

한 채.

두 채.

세 채.

하늘 높이 떠 있는 이소운에게 제갈세가가 보였다.

불에 타서 재가 된 전각과 이리저리 죽어 있는 시체가 즐비했다. 하지만 그 어떤 것도 이소운의 관심을 끌지 못했다. 이소운이 초점을 맞춘 곳은 제갈세가의 중앙 지점, 그곳에 있는 한 공터였다.

그 공터는 마치 소용돌이가 휩쓴 곳 같았다. 그 주변에 건물을 짓기 위해서 처음 세우는 주춧돌이 일정 형태를 그리고 있는 것으로 보아 큰 건물이 있던 자리처럼 보였다. 그러나 그 위에 마땅히 있어야 할 저택은 보이지 않았고, 오로지 움푹 파여 들어간 바닥만이 보였다.

한마디로 그것은 거대한 구덩이였다. 다만 다른 점이 있다면 가장 깊게 파여 있어야 할 중앙점이 가파르게 솟아 있다는 점이다. 그리고 그곳을 중심으로 나선형을 그리는 큰 상처 네 개가 밖으로 나가듯 그려져 있고, 그것은 마치 나무뿌리처럼 이곳저곳으로 얇게 갈라져 구덩이 표면을 깨진 유리처럼 만들었다.

당장에라도 무너져 내릴 것 같은 그 중앙에 꿈틀거리며 움직이는 것이 있었다.

이소운은 등에서 태극지혈을 꺼내 휘둘렀다.

부— 웅!

마치 대기를 위아래로 가른 듯한 그의 검강은 또 하나의 대기가 되어 그 사이를 날아갔다. 날아가면서 생기는 바람의 저항을 그대로 먹어치우면서 서서히 그 몸집을 불려 나갔고, 땅에 도착했을 때쯤에는 끝에서 끝까지 길이가 이십 장을 넘어갔다.

쿠구구궁!

이소운은 공중에 뜬 채로 그의 유풍검강이 땅을 가르는 것을 지켜보았다.

자욱한 안개를 만들어내며 그 일대에 작은 지진을 만들어내는 그 솜씨는 가히 인간의 범주를 넘어섰다 말해도 과언이 아니었다.

하지만 이소운은 무언가 만족스럽지 않은지 입술을 틀었다.

"뭐지? 막은 것도 아니고… 피한 것도 아니야. 그 외에 다른 방어법이 존재하는가? 내가 이해할 수 없으니 적어도 인간은 아니겠군."

이소운은 발을 움직였다.

그러자 그를 제외한 모든 세상이 쏜살같은 속도로 그의 뒤로 움직이기 시작했다.

마치 그는 하늘에 놓인 투명한 계단을 걷는 것처럼 천천히 걸어 내려왔는데, 알아서 그가 가고 싶은 곳까지의 거리가 그에게 다가오는 느낌이다.

경공의 최고 경지인 허공답보(許空踏步)였다.

그가 투명 계단에서 내려와 땅에 다리를 내디뎠을 땐 정확히 그가 내리고 싶은 그 지점이었다.

바로 피월려의 일 장 앞.

피월러의 허리는 또 다른 생명체인 것처럼 마구 꾸물거리고 있었다.

이소운은 피월려의 허리를 보면서 생각했다.

맞았군. 그냥 맞아주었어. 그럼에도 상체와 하체가 분리되지 않았단 말인가. 어찌 그것이 가능한가? 마공의 영향인가? 아무리 마공이 강력하다고 해도 허리가 완전히 동강났는데 그것을 이토록 빠른 시간 안에 저렇게 완전히 회복할 수는 없다. 연체동물이 마공을 익혀도 저것보다 빠르진 못해. 그러니 저것은 분명… 뭐지? 지금 움직인 것인가? 검을 휘둘렀어? 아니다. 내가 지금 황홀경(恍惚境)에 빠져 생각을 하고 있는데 움직일 수 없다. 내우주가 찰나 사이 속에서 무한한 시간을 누리는 황홀경에 빠져 있으니 외우주의 시간은 정지한 셈. 시간이 정지해 있는데 어찌 움직일 수…….

피월려가 손을 앞으로 휘익 내젓자 이소운이 그 앞에 있었다.

"아니!"

퍽!

얼굴을 맞은 이소운은 그대로 옆으로 날려갔다. 땅을 몇 번 구르며 자세를 잡은 그는 무당파 최고 신법인 칠성둔형(七星遁形)을 펼쳤다.

피월려가 발을 뻗어 이소운의 신형이 닿자 그 모습이 투명하게 변하며 사라졌다.

쾅!

애꿎은 땅이 깨어지면서 굉음을 내었다.

피월려에게서 십오 장이나 떨어진 곳에 나타난 이소운은 태극지혈을 앞으로 뻗으며 말했다.

"황홀경을 파훼하다니… 마의 정점인 수라가 분명하군. 어찌 수라가 제갈세가에……."

피월려가 다시 손을 뒤로 뻗어 휘두르려고 하자 이소운은 무당파의 절기 현허칠성검법(玄虛七星劍法)을 펼쳤다. 순간적으로 태극지혈이 분열하여 도합 일곱 개의 칼날이 이소운을 보호했다.

캉!

이소운의 뒤에서 나타난 피월려가 심검으로 내려치자 일곱 칼날 중 하나와 부딪쳤다. 심검을 막아낸 그 칼날은 그대로 부러지면서 파편이 되는 잔상을 남겼다. 대신 심검을 막았으니 그 역할을 톡톡히 해낸 셈이다.

이소운은 몸을 틀면서 남은 여섯 개의 칼날로 피월려의 육신을 베었다.

"크큭! 크ㅡ 앗!"

머리와 어깨, 그리고 팔로 떨어진 여섯 개의 칼날은 피월려의 몸을 팔 할까지 베고 들어갔다. 피월려는 듣는 것만으로도 소름이 돋는 목소리로 비명을 지르며 전신에서 마기를 뿜어냈다.

그 마기가 어찌나 지독한지 피월려의 땀구멍을 통해서 검은 연기로 뿜어져 나왔다.

기가 집약되어 실존하는 강기가 되듯이 마기가 집약되어 실존하는 흑무(黑霧)가 된 것이다. 그것에 잠시라도 노출됐다가는 광기에 젖어들 것이 자명했다.

이소운도 그것에 물들지 않을 자신이 없어 태극지혈을 빼들며 뒤로 물러났다. 그의 무공이 온전히 정(正)한 것이라면 상관없겠지만, 그에겐 흑무에 자극을 받을 수 있는 마(魔)도 있었다.

탓!

가벼운 발걸음으로 이십 장이나 뒤로 물러난 이소운은 왼손으로 턱을 매만지다가 갑자기 강한 힘을 주었다. 탁 하는 소리와 함께 엇나갔던 그의 턱이 제자리를 찾았다.

"심검인가? 아니, 전설 속에 나오는 진정한 심검이라면 현허칠성검법으로 막을 수 없었을 것이다. 그저 마기로 흉내 낸 검강에 불과해. 그저 검강(劍罡)의 밀도가 극도로 높을 뿐! 또한 저 흑무는… 마기의 강기화(罡氣化)… 흐음. 어려운 싸움이 되겠군."

검은 연기가 바람에 날리고 모습을 드러낸 피월려의 모습은 너무나 괴기스러웠다.

어깨에서 하체까지 베인 검상이 서로 엉겨 붙으면서 다시 육신의 모습을 되찾고 있었는데, 그 와중에 땅에 온갖 진액이 쏟아졌다.

찌이익.

그 진액이 땅에 닿자 산화되면서 검은 연기가 났다.

피월려는 검강을 휘둘렀다.

이소운은 순간 그의 앞에 나타난 피월려의 검강에 간담이 서늘해지는 것을 느꼈다.

정말로 오랜만에 느껴보는 감정!

검강이 이소운의 심장에 파고들기 일보 직전, 이소운은 왼손 검지를 뻗어 태극신지공(太極神指功)을 펼쳐 검강을 옆으로 밀어냈다. 그러자 검강이 아주 얕은 깊이로 이소운의 가슴을 베고 횡으로 지나갔다.

그 와중에 이소운의 오른손에 들린 태극지혈이 피월려의 단전을 꿰뚫었다.

피월려는 씨익 웃었다.

쿵, 쿵, 쿵.

단전이 꿰뚫린 채 피월려는 발을 구르며 앞으로 다가왔다. 그리고 당황한 이소운의 머리를 왼손으로 잡아 나뭇가지라도 되는 양 위로 높게 들었다.

그리고 있는 힘껏 땅에 던졌다.

탓!

그 가공할 힘을 이어받고도 이소운의 몸은 깃털처럼 착지했다.

땅 위가 아니라 태극지혈 손잡이에.

그러자 그 힘은 모조리 태극지혈에 집중되었고, 태극지혈은 그대로 피월려의 몸을 아래로 베고 땅에 떨어졌다.

"크아아악!"

단전에서부터 생식기까지 그대로 뚫려 버린 피월려는 비명을 지르며 다시금 전신에서 흑무를 뿜어냈다.

이소운의 신형이 흐릿해지더니 피월려의 머리 위에서 나타났다.

거리는 열 장.

태극지혈이 흔들렸고, 그와 동시에 그 검에서 엄청난 양의 검강이 아래로 쏟아지기 시작했다.

쿠구구구궁!

그 검강의 다발 속에서 위로 뻗어지는 손이 하나 있었다.

"컥!"

피월려의 왼손에 목이 잡힌 이소운은 그대로 목을 조여 오는 가공할 힘에 도저히 저항할 수 없다는 걸 즉시 깨달았다. 이대로 조금만 지나도 금강불괴가 깨져 목이 뽑혀 나갈 것이 자명했다.

서걱.

역수로 태극지혈을 돌리면서 피월려의 왼팔을 베어낸 이소운은 공중에서 반 바퀴를 돌면서 왼발로 피월려의 머리를 찼다.

퍽!

이소운의 왼발이 피월려의 머리 형태를 그대로 타면서 골절되었다. 그러나 그 덕분에 솟아오르던 피월려의 신체가 공중에 정지하고 다시 추락하기 시작했다.

이소운은 오른발로 그런 피월려의 머리를 밟고 더 높은 곳으로 뛰었다.

그러나 그때 이소운의 목을 잡고 있던 피월려의 잘린 손이 더욱 그의 목을 쥐었다.

"크헉! 컥!"

이소운은 달아날 것 같은 정신을 붙잡았다. 그러면서 왼손으로 그 잘린 손을 잡고 억지로 목에서 떼어냈다.

지이익!

이소운의 피부가 그대로 벗겨지면서 혈관과 뼈까지 드러났다.

이소운은 그 잘린 손을 옆으로 버리곤 외부로 노출된 그의 목을 왼손으로 꽉 잡아 보호했다. 그러곤 태극지혈을 다시금 앞으로 뻗으며 유풍강기를 수십 발 쏘았다.

바닥에 쿵 하고 떨어진 피월려는 하늘에서 떨어지는 강기 다발을 그대로 맞았다.

"태상장문인!!"

이소운은 그를 부르는 소리에 가슴이 철렁하는 것을 느꼈다.

그는 있는 힘껏 외쳤다.

"오지 마시오!"

왼손으로 부여잡고 있는 목에서 핏물이 새어 나올 정도였다. 하지만 이미 늦었다.

강기 다발이 만든 먼지구름이 갑자기 한쪽으로 움직이기 시작했기 때문이다.

훈명계는 자신에게 다가오는 먼지구름이 순간 무엇인지 몰라 얼굴을 찌푸렸다.

그리고 먼지구름은 그를 지나갔다.

"어, 어어……."

훈명계는 아래를 내려다보았고, 가슴에 뚫려 있는 구멍을 발견했다.

그곳엔 뛰고 있어야 할 심장이 없었다.

그가 쓰러지면서 그 구멍을 통해 본 마지막 장면은 그의 심장을 씹어 먹고 있는 피월려였다.

아그작! 아그작!

피월려가 심장을 씹을 때마다 강기 다발로 인해 난도질당한 그의 육신이 회복되었다.

심지어 베어져 버린 그의 손목에선 그의 왼손이 자라나기 시작했다. 훈명계의 심장 속에 담긴 마기를 모조리 흡수한 것이다.

훈명계 주변에 서 있던 무당파 일대제자들은 모두 넋을 잃고 그 모습을 바라만 보았다.

이소운은 이미 늦었다는 것을 깨닫고는 강기를 쏘는 것을 멈췄다. 그리고 운기조식을 통해 기혈을 잠재우며 몸을 회복했다.

차라리 잠시라도 그렇게 회복하는 것이 일대제자들이 덜 죽을 것이란 것을 알기 때문이다.

방해꾼은 사라졌고, 만찬은 시작되었다.

"크아악!"

"사, 살려! 살려줘! 아악!"

"히이익! 제발! 으악!"

피월려가 심장을 먹을 때마다 그의 마기가 더욱 강대해졌다.

이소운은 무당파의 무공에 마공을 겸하는 방법을 터득하여 입신에 이르렀다.

무당파의 어른들은 그의 방법에 반대했지만, 젊은 제자들이 입신의 고수와 뒷방 늙은이 중 누구의 말을 들을지는 이미 정해져 있었다.

결국 젊은 제자뿐만 아니라 일대제자들조차도 태상장문인이자 입신의 고수인 이소운의 무공을 따라가기까진 오랜 시간이 걸리지 않았다.

그렇기 때문에 일대제자들의 심장 속에는 피월려가 취할 마기가 가득했고, 이를 흡수한 피월려는 점점 더 짙은 마기를 뿜어냈다.

그는 천마급 마인처럼 하늘에 미치도록 마기를 뿜어내는 것이 아니었다. 단지 그의 땀구멍을 통해서 연하게 뿜어지던 흑무의 농도가 점차 진해지고 있을 뿐이었다.

당장 문제가 될 만한 급한 상처를 모두 치료한 이소운은 다시 허공답보를 펼쳐 피월려에게 쏜살같이 달려갔다. 그리고 그의 머리를 향해서 태극지혈을 내질렀는데, 그때까지도 피월려는 그에게 아무런 관심이 없는지 그의 앞에 있는 한 무당파 제자의 심장을 빼앗기 위해 손을 뻗고 있었다.

캉!

태극지혈은 아쉽게도 피월려의 두개골을 반밖에 가르지 못하고 그 속에 잠혔다. 그러자 사람의 몸에서 나올 수 없는 엄청난 양의 핏물이 그 상처에서 뿜어졌다.

얼마나 강하게 뿜어지는지 그 압력이 박혀 있던 태극지혈을 밀어낼 정도였다.

피월려는 이미 완전히 회복한 왼손을 뒤로 뻗었다.

그러자 이소운의 멱살이 그곳에 잡혔다.

피월려는 서서히 뒤를 돌아봤고, 이소운은 태극지혈을 다시 휘둘러 피월려의 심장에 찔러 넣었다.

푸욱.

태극지혈은 피월려의 등을 관통하여 심장을 뚫고 그의 배로 나왔다. 피월려의 심장이 쿵쾅거릴 때마다 폭포에서 물이 쏟아지듯 피가 사방으로 비산했다. 하지만 이소운의 멱살을 잡은 그의 손에 담긴 힘은 조금도 줄어들지 않았다.

이소운을 마주 본 피월려가 씨익 웃었다.

텅 빈 피월려의 두 눈이 이소운을 보았다.

"……."

그 텅 빈 두 눈에 혼이 사로잡힌 이소운은 피월려의 머리가 다가오는 것을 보고도 피할 수 없었다.

쿵!

금강혈괴의 이마에 부딪친 피월려의 이마가 뼈를 드러냈다. 그러나 그 즉시 엄청난 양의 혈액이 뿜어지며 그 이마 뼈를 보호했다.

쿵!

이번엔 피월려의 이마 뼈에 금이 갔다.

그러나 피월려는 조금도 망설이지 않았다.

쿵!

후두둑 하는 소리와 함께 피월려의 이마 뼈가 조각나 땅에 떨어졌다.

이소운은 뒤로 돌아가는 눈알을 가까스로 붙잡았으나 몇 번이고 울린 뇌에 출혈이 생겼다.

쿵!

피월려의 이마에선 이젠 희끗한 뇌수가 흘러나왔다. 그는 시익 웃고는 발검술의 묘리를 담아 검강을 휘둘렀다.

이소운은 잃어가는 정신을 겨우 붙잡아 겨우 그것을 피해 냈다.

아니, 그렇게 생각했다.

"나, 낙성……."

이소운이 피를 토하며 자기 몸을 내려다보니, 가슴이 뻥하고 뚫려 있었다. 피월려의 검강 끝에 걸려 있는 자신의 심장을 마지막으로 본 이소운은 눈을 감고 쓰러졌다.

피월려는 이소운에게 아무런 관심도 없는지, 그 심장을 입에 가져가 씹어 먹기 시작했다.

심장을 잃은 채 땅에 엎어진 이소운의 육신이 차갑게 식기 시작했다.

"아그작, 아그작, 쩝쩝."

이소운의 심장 속에는 전에는 맛보지 못한 진득한 마기가 가득했다. 안에서 완전히 갈무리되어 밖으로 단 한 번도 그 존재를 드러내지 않은 그것은 마기가 아니라 마정(魔精)이라 일컬어도 손색이 없었다.

그 상상을 초월하는 마기를 흡수한 피월려의 몸은 점차 본래의 모습을 되찾기 시작했다. 단전부터 하체까지 잘린 곳도 붙었고, 이마도 이미 제 모습을 찾았다. 관통된 그의 가슴은 태극지혈을 그대로 속에 품은 채 회복되었다.

심장을 다 먹은 피월려는 몸을 움직이려 했지만 왠지 잘 움직일 수 없었다. 그가 고개를 숙였다. 그의 심장을 관통한 채로 박혀 있는 태극지혈 때문이었다.

그는 태극지혈을 몸에서 서서히 꺼냈다. 그러자 다시 심장에서 핏물이 폭포수처럼 흘러내렸다. 다만 그 와중에 피월려는 태극지혈을 역수로 잡았는데, 그로 인해서 태극지혈의 음한지기가 피월려의 육신에 스며들었다.

태극지혈을 끝까지 뽑아낸 피월려는 몇 번 몸을 부르르 떨더니 텅 빈 눈으로 태극지혈을 응시하듯 했다.

"어? 어, 어, 어? 이 검, 이건… 태극지혈?"

처음으로 사람의 말이 피월려의 입에서 흘러나왔다.

피월려는 그대로 정지한 채 태극지혈을 그의 얼굴로 가져왔다.

처음으로 그의 몸에서 마기가 사라졌다.

"도, 도망가. 어서!"

"얼른! 지금이야!"

정신을 차린 무당파 일대제자들은 방위를 생각하지 않고 무작정 도주했다. 그들의 머릿속에는 생존 본능 외에는 그 어떠한 것도 없었다.

홀로 남겨진 피월려는 계속 그렇게 그곳에 서 있었다.

몇 각이 지났을까?

몇 시진이 지났을까?

며칠이 지났을까?

그를 부르는 소리가 있었다.

"월랑?"

피월려는 그 목소리를 향해 고개를 돌렸다.

하지만 텅 빈 그의 눈은 아무것도 볼 수 없었다.

"월랑, 괜찮아요?"

수수한 차림의 진설린은 걱정이 가득한 눈빛을 하곤 피월려에게 쪼르르 달려왔다. 지팡이를 들고 그녀 뒤에 서 있는 미내로는 진설린의 뒷모습을 아무런 감정도 섞이지 않은 눈빛으로 바라보고 있었다.

진설린은 그대로 안아버릴 것 같이 달려왔지만 정작 피월려의 앞에서 서서히 멈춰 서버렸다. 코가 닿을 듯한 거리에서 진설린은 피월려의 상한 육신을 둘러보곤 당장에라도 눈물을 떨어뜨릴 것처럼 울상이 되었다.

그러나 그녀의 눈에선 단 한 방울의 눈물도 흘러나오지 않았다.

진설린은 천천히 손을 들어 그의 얼굴을 매만졌다.

"하아… 하아……."

진설린의 손을 통해서 극음귀마공의 음기가 새어 나오자, 피월려는 견딜 수 없는 감정의 파도에 터져 나오는 숨을 참을 수 없었다. 그는 태극지혈을 땅에 떨어뜨렸다. 쉴 새 없이 눈꺼풀을 깜박이며 누군가를 찾았지만 텅 빈 눈은 그에게 어떠한 빛도 허락하지 않았다.

"피월려?"

피월려는 중얼거렸다.

"죽었어……."

"……."

피월려는 고개를 천천히 돌리며 또 한 번 중얼거렸다.

"죽었어······."

진설린은 피월려의 고개가 묘하게 틀어져 있다는 것을 깨
달았다. 눈이 있었다면 분명 진설린이 아니라 그녀의 뒤쪽을
바라봤을 것만 같은 각도. 무언가 마음에 들지 않은 듯 진설
린은 아미를 찡그렸다. 그녀는 피월려의 얼굴에서 손을 떼고
입술을 매만졌다. 그러곤 양손을 가져가 피월려의 얼굴을 꽉
붙잡았다.

"이제 전부 잊어요. 쉬어야 해요. 잊으세요."

"······."

진설린은 방긋 웃으면서 그의 얼굴을 잡은 양손에 강한 힘
을 주었다. 육신에 아무런 힘도 남아 있지 않던 피월려는 그
생강시의 강력한 힘을 거스를 수 없었고, 때문에 피월려의 얼
굴은 진설린은 향하게 되었다. 텅 빈 눈 속의 근육은 진설린
의 뒤로 시선을 보내고자 징그럽게 움직여 댔지만, 눈알이 없
는 이상 변하는 건 없었다. 진설린이 만족했다는 듯 미소를
지으며 물었다.

"월랑은 나를 사랑하죠?"

"······."

"대답은 안 하셔도 돼요. 다 알아요. 나를 사랑하는 거."

"······."

"나를 사랑하는 거 맞아요. 그래서 이 모든 걸 준비해 주

섰잖아요? 그렇죠? 나에게 주려고 다 준비해 주신 거죠? 너무 기뻐요, 월랑! 역시 월랑만큼 나를 사랑하는 사람은 없어!"

"……."

"이리 와요, 월랑."

진설린은 마치 어머니가 아이를 품에 안 듯 피월려를 안았다.

꽈드득.

피월려의 뼈가 묘한 소리를 내었지만, 진설린은 전혀 개의치 않는 듯했다. 그녀는 피월려의 입에 입을 맞추며 피월려를 땅에 눕혔다.

"하아… 하아… 하아……."

진설린은 쾌락에 젖은 교성을 내며 피월려에게 달라붙었다. 그리고 그의 극양혈마공을 자극하여 피월려의 양기를 뽑아냈다.

그녀는 곧 옷을 벗어 던지고 그와 합일했다.

"월랑! 월랑! 월랑! 더! 더! 더!"

진설린은 몸을 끊임없이 떨었다. 극락에 빠져 높은 교성을 마음껏 내질렀다. 표정은 붉게 상기되었고, 입속이 메마를 듯 격하게 숨 쉬었다.

피월려 역시 몸을 끊임없이 떨었다. 하지만 그것은 쾌락 때문이 아닌 고통 때문이었다. 그의 입에선 낮은 신음이 흘러나왔다. 피부는 점차 말라비틀어져 천 조각처럼 변했고, 머리는 얇아지고 희어져 실처럼 변했다.

그렇게 피월려의 것이 진설린에게로 전가되었다.

마기.

신물.

선천지기.

무엇 하나 조금도 남김없이 진설린의 것이 되었다.

피월려에게 아무것도 남지 않게 되자 진설린은 마지막으로 몸을 한차례 떨며 소리쳤다.

"하아… 하아… 하… 사, 사랑해요! 사랑해! 사랑해!"

진설린이 움직임을 멈추고 피월려에 안겼다.

그녀는 몇 번의 숨을 내쉬고는 노인처럼 변해 버린 피월려를 내려다보았다. 피월려의 육신은 늙어버려 죽음 직전까지 왔지만, 그를 향한 진설린의 눈빛은 전혀 다름이 없었다.

"고마워요, 월랑. 이제 난 교주가 될 수 있어요. 이게 다 월랑 덕분이에요. 내게 필요한 걸 가지게 되면 그때 또 만나요. 당신의 사랑은 언제나 받을 준비가 되어 있으니까."

"……."

"하지만 이제 곧 죽을 테니 그럴 일은 없겠네요. 더 이상 받을 사랑이 없으니 이제 작별해야겠어요. 그럼 잘 있어요, 월랑."

진설린은 입맛을 한 번 다시고는 자리에서 일어났다. 마치 맛 좋은 식사를 끝낸 것 같은 만족감이 그녀의 표정에 떠올랐다. 그녀는 미련 없이 몸을 돌려 미내로에게 돌아갔다.

미내로가 진설린에게 말했다.

"축하한다."

진설린이 대답 대신 방긋 웃었다.

미내로는 눈을 감고 서서히 주문을 읊었다. 그러자 묘한 빛이 그녀의 지팡이에서 흘러나오면서 그 둘을 감싸 안았다. 미내로가 눈을 뜨자 갑자기 환한 빛이 뿜어지며 그 공간에서 완전히 사라졌다. 그 둘은 그곳에서 사라지기까지 단 한 번도 피월려에게 눈길을 주지 않았다.

혼자 남은 피월려는 바닥에 누워 힘겹게 숨을 헐떡였다.

그 미약하던 숨조차도 점차 잦아들었다.

결국 그렇게 숨이 멎었다.

그의 몸에 살아 움직이는 모든 것이 멈췄다.

몸은 차갑게 식어 땅과 같은 온도가 되었다.

그렇게 피월려는 사망(死亡)했다.

그때였다.

쿵!

갑자기 활발히 움직이기 시작하는 것이 있었다.

쿵!

피월려의 가슴이 한차례 덜컹거렸다.

쿵!

무언가 그의 몸에서 빠져나올 것처럼 위로 치솟았다.

쿵!

그의 가슴속에 있던 또 다른 심장.

쿵!

백호의 심장이었다.

제구십오장(第九十五章)

눈이 떠지지 않았다.

소생(甦生)의 과정은 탄생의 그것과 비슷했다. 실질적으로 움직일 수 있는 모든 것은 전부 갖춰져 있었지만, 그것들을 움직이는 의지가 각 기관에 제대로 전달되지 않았다. 수십, 수백, 수천, 수만 가지의 신호를 보내 그중 조금이라도 원하는 결과에 다다르는 것이 있으면 그것에 필사적으로 매달려 다음 신호를 보냈다. 그렇게 모르는 길을 하나씩 확인하여 알아가듯 피월려는 눈꺼풀을 움직였다.

고된 노력의 끝에 눈이 조금 흔들려 햇볕의 따스함이 텅 빈 눈 속에 스며들었다.

뭐지? 무엇이었지? 어떤 것이었지? 이것이었나? 저것이었나? 이렇게? 저렇게? 피월려는 노력을 쉬지 않았다. 어차피 지금 그가 할 수 있는 것이라고는 눈을 뜨는 것밖에 없었다. 그는 가능한 모든 길에 신호를 집요하게 보내 눈에 도달하는 것이 있기를 막연히 바랐다.

천신만고 끝에 눈이 완전히 떠지면서 그 텅 빈 속을 밖으로 내비쳤다.

처음엔 눈이 타들어가는 듯한 고통을 느꼈다. 눈알이 없어 그 어떠한 것도 볼 수 없었지만, 예민한 신경을 태우는 듯한 고통만은 확실했다. 그는 다시 눈을 닫기 위해 안간힘을 썼으나, 그조차도 억겁의 시간을 필요로 하는 듯했다.

남은 건 반복. 그가 자유롭게 눈을 뜨고 감기까지 얼마나 많은 해가 뜨고 얼마나 많은 달이 졌는지 모른다. 또 그가 있는 곳이 어딘지도 몰랐다. 아무것도 모르는 상황에서 그가 확실히 알 수 있었던 유일한 것은 그가 모른다는 사실뿐이다. 피월려는 눈을 감고 뜨기만을 반복했다.

어느 날, 피월려는 햇볕이 주는 따스함을 텅 빈 눈 안에 담기 위해 눈을 게슴츠레 떴다. 역시 고통이 따라왔지만, 견딜 만한 수준이었다. 아니, 적당한 정도라면 차라리 고통이라도 느끼고 싶었다. 점점 차오르는 열기와 은은하게 아려오는 고통은 사실 그가 살아 있음을 느낄 수 있는 유일한 방법이었기 때문이다.

그런데 갑자기 눈에 차오르던 열기가 끊겼다. 명암을 확인할 수 없었던 피월려는 그의 앞에 누군가 서 있다는 것을 온도의 차이로 감지했다.

"하! 내 존재를 인지했구나. 그 꼴을 하고도 말이지. 혹 내 말은 들리느냐?"

목소리는 걸걸하지만 동시에 호탕한 것이 거친 성격을 가진 노인의 목소리인 것 같았다.

피월려는 눈을 깜박이며 신호를 보냈다.

"좋구나. 그럼 우선 신호를 정하자. 긍정일 땐 두 번, 부정일 땐 세 번, 잘못 들었을 땐 네 번을 깜박이거라."

피월려는 두 번 눈을 깜박였다.

"본좌는 호법원에서 원주를 맡았던 악누라 한다. 지금은 무리에서 쫓겨난 늑대처럼 자유로운 신세지. 한번 봤었는데 기억하느냐?"

피월려는 교주와 처음 만났던 날을 잊지 못했다. 너무나 인상 깊은 일이었기 때문이다. 그때 그녀의 옆에 서 있던 악누의 이름도 기억하고 있었다.

피월려가 눈을 두 번 깜박였다.

악누가 말했다.

"지금 일이 어찌 돌아가는지 모르겠지? 그 이야기는 의사소통이 원활해지면 하도록 하자. 흐음. 본좌도 사실 이런 건 처음 보는 거라 어찌해야 할지 감이 안 잡힌다. 문헌에 나와 있는 대로라면, 자연히 소생한다고 하는데… 뭐, 어찌 되겠지. 하여간 천살성이 된 것을 축하한다."

그는 손을 몇 번 털더니, 피월려를 들어 올렸다. 감각이 죽어 있던 피월려는 그가 들려졌는지도 혹은 이동하는지도 인지하지 못했다.

또 얼마나 시간이 흘렀을까?

피월려는 서서히 그의 몸을 달구는 열기를 느꼈다. 햇볕과는 비교도 할 수 없는 강렬한 그 열기는 피월려의 육신에 새로운 힘을 가져다주었다. 서서히 몸이 제 기능을 되찾기 시작하며 하나둘씩 감각이 되살아났다.

하지만 이 역시도 오래 걸렸다. 몇 번이나 잠에서 깨고 다시 자기를 반복했기 때문이다. 오랜 시간 공을 들여 감각을 살려놓아도 어느새 그의 의식은 꿈속에서 허우적거리고 있었다. 그 꿈에서 깨어나면 잠시라도 남아 있던 감각의 흔적은 작은 실마리조차 남기지 않고 완전히 사라져 다시 되찾기를 포기하고 싶게 만들었다.

하나 그는 포기하지 않았다. 아무리 미약하고 희미한 감각이라 할지라도 그것을 느끼는 데 온 신경을 집중하여, 그것을 더 민감하게 만들려고 노력했다. 그리고 그 엄청난 노력은 결국 결실을 맺고야 말았다.

"무… 물."

눈을 동그랗게 뜨며 놀란 악누가 그를 돌아보며 말했다.

"오호. 이제 말을 할 수 있느냐? 물이야 사방에 널려 있으니 고개를 숙이고 마시면 된다."

"……."

"도와주마."

악누는 피월려의 머리를 잡고 아래로 숙였다. 그러자 피월려는 그의 입으로 들어오는 뜨거운 물을 느낄 수 있었다. 그는 그 물이 동이 날 듯 벌컥벌컥 마셨지만, 그의 배가 가득 찰때까지도 수위는 줄어들지 않고 그대로 있었다.

송장과도 같던 그의 몸에 수분이 흘러 들어오자 너도나도 그것을 탐냈다. 이에 반응한 백호의 심장이 기지개를 켜듯 움직이자, 바싹 마른 온몸에 단비 같은 수분이 구석구석 공급되었다. 굳었던 혈액도 다시 액체가 되어 혈관을 타고 흐르기 시작했고, 기능을 완전히 상실했던 기관들도 밀린 일을 처리하기 시작했다.

피가 돌며 생기가 뇌에 찾아오자 여러 기억들이 떠올라 왔다. 또한 몸이 회복되며 감각들이 보다 선명하게 느껴졌다. 태어날 때부터 지금까지 있었던 모든 기억들이 뭉쳐 자아를 형성하였고, 머리부터 발끝까지 느껴지는 모든 감각들은 뭉쳐 현실을 구성하였다. 그렇게 시간이 지나자, 자아와 현실의 벽이 뚫리면서 대우주와 소우주가 소통하기 시작했다.

피월려는 사망 후 처음으로 호흡했다.

"후… 하……."

그는 온몸을 감싼 열기를 느끼며 격하게 숨 쉬었다. 그 열기는 피부를 누르는 압력에서 찾아오는 것이었다.

피월려가 물었다.

"어, 어딥니까?"

반신욕을 하고 있던 악누는 양팔을 일자로 벌리며 물속에서 다리를 꼬았다.

"온천(溫泉)이다. 사람은커녕 동물들도 감히 발을 내딛지 못하는 열탕(熱湯)이다. 네 스스로 인지하지 못하는 것 같아 말하는데, 네 몸은 지금 목까지 잠겨 있다."

피월려는 그 말을 듣고 그의 피부를 감싼 것이 물이라는 것을 인지했다. 그는 눈꺼풀을 연신 깜박였다.

"제가… 살아 있습니까?"

"백호의 심장을 통해서 소생하였다."

"……."

피월려는 더 물으려 했다.

하지만 더 물을 수 없었다.

목소리가 입 밖으로 나오려는 순간 무언가 그의 입을 틀어막았기 때문이다.

그것은 자괴감이었다.

무엇을 더 안들 무슨 의미가 있는가?

마공도 잃고 심공도 잃었다.

몸뚱아리는 늙어버렸고, 마음도 텅 비어버렸다.

어차피… 죽은 자는 돌아오지 않는다.

그런 피월려의 속내를 모르는 악누가 말을 이었다.

"이곳은 함녕(咸寧)이다. 하늘에 가까워 공기가 차지만, 땅의 열기 또한 가득하지. 하늘의 음기와 땅의 양기가 조화로운 곳이니 몸의 기운을 회복하는 데 있어 더할 나위 없다. 한기와 열기를 바탕으로 기운을 차려라. 여봐라!"

악누가 고개를 반쯤 뒤로 돌리고 크게 외치자, 가냘픈 몸집의 소녀 한 명이 두려움에 몸을 움찔거리더니 잽싸게 악누에게 다가왔다. 그녀는 무릎을 꿇고 고개를 땅바닥에 닿을 때까지 숙여서야 온천 안에 앉아 있던 악누보다 낮은 눈높이를 취할 수 있었다.

악누가 따분하다는 듯 물었다.

"함녕에 유명한 음식이 뭐가 있느냐?"

그 소녀는 몸을 부들부들 떨면서 겨우 대답다운 대답을 내놓았다.

"부, 불담(佛潭)에선 으, 음식을 섭취하시면……."

악누가 얼굴을 찡그리며 소녀의 말을 잘랐다.

"입 다물고, 질문에나 대답하거라. 그 작디작은 혓바닥을 뽑아버리기 전에."

소녀는 안색이 파랗게 질리면서 이마를 바닥에 박았다.

"히익! 죄, 죄송합니다. 살려주십시오! 살려주십시오! 나으리. 제발 살려주십시오! 제발 살려주십시오! 자비를… 자비를……."

악누의 얼굴에 짜증이 가득 차올랐다. 그가 오른손을 물 위로 꺼내자, 그 파동을 느낀 피월려가 말했다.

"목 넘김이 좋은 혼돈(餛飩)으로 부탁한다."

"예… 예……."

소녀는 급히 자리에서 일어나 빠르게 모습을 감추었다. 그녀는 허둥대느라 몇 번이고 넘어질 뻔했지만, 다행히도 그녀는 마지막까지 추태를 보이지 않았다. 그런 그녀의 뒷모습을 끝까지 바라보며 입술을 씰룩거린 악누는 들린 오른손을 다시 물속에 천천히 내려놓으며 말했다.

"눈이 보이지 않을 텐데 이상할 노릇이다. 그 때문에 감각이 날카로워졌느냐?"

피월려가 대답했다.

"살기만큼은 눈에 보이는 것처럼 선명하게 느껴집니다."

악누는 모욕이라도 받았다는 듯이 목을 뒤로 뺐다.

"살기라니! 내가 말이냐? 저런 어린애한테? 나를 너무 우습게 생각하지 마라."

"그럼 살기를 품지 않으셨다는 말입니까?"

악누는 역정을 내려다가 갑자기 입을 콱 다물곤 희끗희끗한 그의 머리를 매만졌다.

"하! 나도 모르게 그랬을 순 있겠다. 짜증이 난 건 확실하니, 그런 가능성이 아예 없는 건 아니다."

"……."

"중독(中毒)이다, 중독. 쯧쯧쯧. 중독되면 제명에 못 죽는다."

피월려가 물었다.

"무엇에 중독되셨습니까?"

"뭐겠느냐? 살인이다."

피월려는 담담한 목소리로 물었다.

"살인이 그리 재밌습니까?"

악누 역시 담담하게 대답했다.

"쾌감에 중독되는 것이 아니다. 말 그대로 살인에 중독되는 것이다."

"……."

"이해하지 못했느냐?"

"일깨워 주시지요."

"간단한 것이다. 매일 아침, 잠에서 깨어나 목이 마르다 하자. 바로 앞에 있는 물 잔에 물이 담겨 있다. 네놈은 그것을 두고 멀리 우물까지 가겠느냐?"

"……"

"귀찮은 것이다. 짜증 나는 것이고."

"그럼 그 아이를 그냥 죽이시지 왜 살려주셨습니까?"

"살인으로 문제를 해결하다 보면 나중에 더 큰 문제로 다가오게 마련이다. 그럼 더 많은 인간을 죽여야 하고… 뭐, 그렇게 반복되다 보면 점점 커져 내가 감당할 수 없는 지경에 이른다. 그것이야말로 독(毒) 아니더냐? 가도무를 보면 잘 알 터인데?"

"……"

"하! 그놈이야 기분 전환을 살인으로 하는 놈이니 나와 비교하는 건 너무 과장된 면이 없진 않다. 어찌 되었든 살인을 자제해야 한다는 것은 부정할 수 없는 사실이다."

피월려는 가도무를 떠올렸다. 그의 기운을. 그의 성정을.

피월려는 묻지 않을 수 없었다.

"죄책감을 느끼지 못하는 천살성도 살인을 자제해야 하는 것입니까?"

"네놈도 이제 천살성이 되었으니, 이를 바르게 이해해야 한다. 천살성이라고 살인에 쾌감을 느끼게 되는 것도 아니고 천살성이라고 살인의 결과에서 자유로운 것도 아니다. 그렇게 생각하는 건 천살성의 겉을 관찰한 자들의 생각일 뿐이다."

피월려는 숨을 깊이 들이쉬었다 내뱉었다. 그는 그의 텅 빈 눈처럼 그의 마음속도 텅 비어 있음을 느꼈다. 그리고 그 빈 마음을 가득 메운 공허함은 그의 혼을 완전히 태워 버린 듯한 느낌까지 주었다.

마공과 용안을 모두 잃어 생긴 것이라고 하기엔 그 농도가 너무 진했다. 더 근본적인 무언가가 그에게 남아 있지 않은 것이다.

피월려는 마공이나 심공을 후천적으로 익혔다. 그것들이 없던 어린 시절을 기억했고 그때의 느낌도 잘 알고 있었다. 때문에 그것들이 없어진다고 해서 지금과 같은 허무함을 느끼리라곤 생각하지 않았다. 그보다 더 근본에 자리 잡은 것이 사라진 것이 분명했다.

심지어 제갈미의 자살을 생각해도 마음이 아리지 않았다.

사라진 용안심공이 그의 정신을 보호하는 것도 아닐 터.

피월려가 물었다.

"설명해 주십시오."

"무엇을?"

"제게 천살성이 된 것을 축하한다고 말한 그 의미를."

악누는 고개를 양옆으로 천천히 움직이며 근육을 풀었다.

"우선 우리끼리니, 용어부터 바로잡도록 하자. 천살성이 아니라 천살지체(天殺之體)니라."

단순한 단어의 변경이었지만, 피월려는 머리를 큰 망치로 맞은 기분이었다.

"천살지체……."

악누가 설명했다.

"천살성이란 단어는 고대에 사람의 운명을 별의 존재와 빗대어 생각하던 시절의 잔재이다. 그 당시에 태어난 천살지체들에게 그런 이름을 붙여준 것이다. 하지만 현대적으론 천살지체가 더 옳은 말이다."

피월려는 조심스럽게 물었다.

"다른 지체들과 연관이 있습니까?"

악누는 고개를 끄덕였다.

"있다마다. 다른 지체들을 아느냐?"

피월려가 말했다.

"역혈지체, 용아지체, 그리고 천음지체입니다."

악누가 게슴츠레 눈을 뜨고 피월려를 보았는데, 피월려가 말을 아끼고 있는 듯 보였다. 악누는 눈을 감으며 말했다.

"더 알고 있는 눈치인데 더 말해보거라."

피월려는 잠시 고민했지만 곧 숨김없이 말했다.

"사방신과 연관이 있다는 것도 알고 있습니다. 용아지체는 청룡과 연관된 것 아닙니까?"

악누는 고개를 끄덕였다.

"매우 미약한 확률로 인간은 사방신의 기운을 타고날 수 있다. 천운으로 이 세상을 보호하는 사방신의 영향을 받는 것이지. 네가 말한 대로 용아지체는 청룡의 기운을 담은 자들이다. 다른 지체들은 어느 사방신의 영향을 받았다고 생각하느냐?"

피월려는 고개를 흔들었다.

"사실 잘 모르겠습니다."

악누가 대답했다.

"그럴 수밖에. 사방신의 기운을 인위적으로 받으면 그 속성이 변하니까……."

"……."

악누는 숨을 깊게 들이쉬곤 내뱉으며 말했다.

"천 년 전, 천마 시조께선 현무(玄武)를 죽이고 그 기운을 탈취하셨다. 어떻게 죽이셨는지는 천마비경(天魔秘經)에도 나와 있지 않다. 다만 그 죽음을 고정하는 방법은 자세히 서술되어 있지."

피월려는 갑작스러운 그 말에 입을 살포시 벌렸다.

"현무를 죽였다… 그런데, 죽음을 고정한다는 게 무슨 뜻입니까?"

악누가 대답했다.

"사방신은 사람과 같은 생사(生死)의 원리(原理) 아래에 있지 않는 불멸자(不滅子)다. 그렇기에 죽음을 고정해야 한다."

"무슨 뜻인지 모르겠습니다."

악누는 눈썹을 찌푸렸지만, 화를 내진 않았다.

"필멸자(必滅子)는 살아 있기 위해선 무언가 해야 하고 죽어 있기 위해선 아무것도 할 필요가 없지. 불멸자는 반대로 살아 있기 위해서 아무것도 할 필요가 없고 죽어 있기 위해선 무언가 해야 한다. 즉 불멸자는 우리 같은 필멸자들과 생사의 원리에 있어 정반대에 있다고 보면 된다."

"……"

"즉 사람이 살아 있기 위해서 음식을 먹고 잠을 취하는 것처럼, 현무가 죽은 채로 있기 위해선 여러 가지 일들을 해야만 하는 것이다. 천마시조께선 천마비경에 이것을 자세히 서술하여 지금까지도 천마신교에 내려져 오고 있었다. 그 조건 중 하나는 현무의 시신을 남쪽에 두는 것으로, 그 때문에 본부가 중원 남단에 위치한 것이다. 현무가 북쪽을 다스리기 때문에 그 기운을 억제하기 위함이다. 대강 이해했느냐?"

피월려는 천천히 고개를 끄덕였다.

"예."

악누는 코를 매만지고는 설명을 계속했다.

"또 다른 것 중 하나는 바로 현무를 둘로 갈라두는 것인데, 바로 현무를 이루는 뱀과 거북이를 만나지 못하게 만드는 것이다. 천마시조는 이 둘을 따로 영접(靈蝶) 속에 봉인하였는데, 이것이 바로 천마신교의 신물인 흑접(黑蝶)과 현접(玄蝶)이니라. 이 둘이 본래 하나인 서로에게서 떨어져 극심한 악의를 뿜어내는데 이것이 화하여 마정(魔晶)이 되고, 이를 통해서 마단을 생산한다. 그리고 그 마단을 섭취한 인간은 마성을 얻게 되어 역혈지체를 이루게 된다. 인위적으로 현무의 기운을 탈취하여 인간에게 부여할 수 있게 된 것이다. 이것이 천마시조께서 본 교의 기초를 닦은 위대한 업적이다."

"……."

피월려는 어떤 말도 하지 못하고 가만히 악누의 말을 들었다. 악누도 피월려의 반응에 개의치 않아하며 말을 이었다.

"대략 이백오십 년 전, 본 교에서 천마비경의 내용이 유출되는 사건이 발생했다. 바로 북해빙궁의 짓으로, 그들은 동일한 방법으로 주작을 죽이고 그 죽음을 고정하려 했다. 그리고 그로 인해서 주작의 기운과 반대되는 빙정(氷晶)을 얻어 그들의 성세를 본 교와 견줄 수준으로 키울 생각이었지. 그들은 중원이 혼란한 틈을 타, 승승장구하며 모든 계획을 성공시켰지만 무슨 이유에서인지 그들은 마지막 단계를 넘어설 수 없었다. 그들이 만든 빙단(氷團)은 마단(魔團)과 다르게, 그것을 섭취한 사람이 모두 꽁꽁 얼어 죽을 뿐이었지. 역혈지체가 되는 것도 실패할 확률이 높은데, 천음지체로 변하는 건 그보다 더해서 그 누구도 살아남지 못했다."

피월려가 말했다.

"결국에는 성공하지 않았습니까? 상옥곡의 연한귀공으로……."

악누가 말했다.

"그렇다. 하지만 그것과 상관없이 엄청난 문제가 생기고야 말았다."

"무엇입니까?"

"사방신 중 하나가 죽음에 고정되는 것엔 별반 큰 문제가 없었으나, 둘이 고정되어 버리니 균형이 급속도로 무너지기 시작한 것이다. 세계의 흐름이 완전히 멈춰 버렸고 더 이상 변화가 생기지 않게 되었다. 조화가 깨졌으니 당연한 이치. 이에 위기감을 느낀 청룡은 가만히 있을 수 없어 스스로 세상에 관여하기 시작했다. 자기의 기운을 자발적으로 나누어주어 자기의 권속을 창조한 것이다. 그들이 바로……."

피월려가 말을 잘랐다.

"청룡궁."

악누는 고개를 끄덕였다.

"청룡궁의 용아지체들은 청룡의 뜻대로 북해빙궁을 멸망시

컸다. 그리고 주작의 죽음을 고정하던 것을 모두 파괴했다. 그러나 주작은 죽음에서 완전히 돌아올 수 없었다. 그 영향은 분명 이곳저곳에 끼칠 수 있었지만, 전처럼 완전히 살아 있을 순 없었지."

"왜 그렇습니까?"

"바로 누군가 그 부활을 막고 있기 때문이다."

누가 사방신의 부활을 막는다는 말인가?

피월려가 진중한 목소리로 물었다.

"그자가 누굽니까?"

악누는 질문으로 대답했다.

"사방신이 왜 수호신이겠느냐? 우리를 수호하기 때문이 아니겠느냐? 그 사방신 중 둘이 죽었으니, 우리를 수호하는 그들의 힘이 약해진 것은 당연지사. 외부의 침입에 취약해져 차원의 이동이 수월해지고, 결국 이계인이 중원에 넘어왔다. 그가그 취약해진 차원의 벽을 더욱 취약하게 만들고자 주작의 부활을 방해하고 있을 뿐 아니라 다른 사방신까지도 죽이려고 한다. 그가 누군지는 너도 잘 알겠지……."

피월려는 나지막하게 대답했다.

"박소을 장로."

악누가 눈을 가늘게 뜨고 피월려를 보았다.

"이젠 현무인귀의 목적이 무엇인 줄 알겠느냐?"

피월려는 박소을의 말을 기억했다.

"피 대주가 살신(殺神)이 가능한 이유는 모르겠소. 하지만 피 대주는 이미 검증된 엄연한 살신자(殺神者). 그러니 피 대주가 필요하오."

피월려는 침을 한 번 삼키고 말했다.

"사방신을 모두 죽여 차원의 벽을 허물려는 것입니까?"

"정확하다. 때문에 현무인귀(玄霧人鬼)가 너를 이용한 것이지."

"……."

"목적을 깨닫고 나니, 모든 것이 밝아지지 않느냐?"

피월려는 한동안 말이 없었다. 그런 그를 악누는 인내심을 가지고 기다려 주었다.

곧 피월려가 말했다.

"지금까지 말씀하신 것과 제가 천살지체가 된 것과는 무슨 관계가 있습니까?"

"관계가 있다마다. 너는 자연적인 영향으로 천살지체가 된 것이 아니라 백호가 스스로 죽어 너를 천살지체로 만들었다. 그러니 넌 백호의 신물을 가진 백호의 화신(化身). 중원의 운명이 네게 달렸느니라."

피월려는 손을 들어 관자놀이를 짚었다. 이제 막 깨어난 정신으론 악누의 말을 도저히 따라갈 수 없었기 때문이다.

피월려는 지친 목소리로 물었다.

"어르신께서는 이를 어찌 다 아십니까?"

악누는 양손으로 얼굴을 쓸어내리며 말했다.

"그야 그놈을 돕고 있으니까."

"예?"

"왜? 그와 반목하는 줄 알았느냐?"

"……"

악누의 질문에, 피월려는 선뜻 대답하지 못했다. 악누는 오랜 연륜으로 피월려의 마음을 파악할 수 있었다.

악누가 다시 물었다.

"또다시 이용당하는 것 같으냐?"

피월려가 답했다.

"아니라곤 하실 수 없을 겁니다."

"그것이 왜?"

"지금까지 이용만 당하니 신물이 나서 그렇습니다."

"그거야 자업자득이지."

"자업자득?"

"사람의 삶은 도구다."

"……"

"내가 이용하든 다른 자가 이용하든 누군가는 이용하게 되

어 있어. 특히나 유용한 도구일수록 더더욱 그러하지. 너 같
은 유용한 도구를 손 놓고 보고만 있으라는 것이냐? 아무도
쓰질 않으니 가져가 쓰겠다는데 왜 불만을 품느냐? 스스로도
쓰지 않아놓고."

"그건……."

"너같이 뛰어난 놈이 왜 이용을 당하는 줄 아느냐?"

"……."

"네가 너를 쓰질 않아서 그렇다. 너는 너를 갈고닦았을 뿐,
쓰지 않았어. 그러니 이용당하는 것은 당연한 이치지. 그래서
재물도 버는 놈이 따로 있고 쓰는 놈이 따로 있는 거다. 소진
해야 비로소 네 것이 되지."

"사람의 삶을 도구로 쓰는 것이 도대체 뭡니까?"

피월려의 형이상적인 질문에 악누는 마치 전에 생각이라도
해두었던 것처럼 즉각 답했다.

"이상의 현실화 아니겠느냐? 무엇이든 이루고자 하는 꿈은
바로 인간의 삶을 도구로 쓴다."

"……."

"그것이 거지를 황제로 만들고, 삼류무인을 천하제일고수로
만들고, 평화에서 전쟁을, 또 전쟁에서 평화를 만든다. 산을
논으로 만들기도 하고 사막을 도시로 만들기도 하지. 이 모든
꿈에 사용되어지는 것이 바로 사람의 삶이다."

"……"

"흔히 꿈이라 표현하는 그것은… 본좌가 생각할 땐, 스스로의 죽음을 경험해야 생긴다고 본다. 스스로의 죽음을 경험하지 못한 삶을 사는 자들은 자신들의 삶이 유한하다는 걸 실감하지 못하기에, 정해진 시간에 무언가 해내야 한다는 생각을 품을 수 없지."

피월려는 반박했다.

"저는 항상 죽음을 옆에 두고 살았습니다. 그런데 왜 제겐 그것이 찾아오지 않았습니까?"

"그것은 네가 진정한 죽음을 피해왔기 때문이다. 그러니 그런 수많은 기회가 있었음에도 경험하지 못한 것이지. 아니더냐?"

"……"

"진정으로 죽음을 맛보고 나니 이루고 싶은 것이 생겼을 터, 한번 말해 보거라."

피월려는 한참을 고민했다. 악누가 못 참고 다시 물어보려 할 때쯤, 답을 내놓았다.

"말씀 중에 죄송합니다만, 너무 피곤합니다."

뜻밖의 말에 놀랐는지, 악누의 눈동자가 커졌다.

"내가 괜히 흥분해서 네 상태를 간과했다. 잠이라도 자두거라."

"……"

"이야기야 차차 하면 되는 것이니, 지금은 회복에 집중하면 된다."

"예. 그럼 실례하겠습니다."

피월려는 눈을 감았다. 그리고 금세 잠에 빠졌다. 그를 본 악누가 기가 찬다는 듯 말했다.

"하! 그놈 참 빠르군."

때마침, 시녀가 혼돈을 들고 악누에게 다가왔다. 악누는 손을 휘적거리면서 그 시녀에게 말했다.

"먹을 사람이 잠에 빠져 버렸으니, 거기다 두고 사라져라."

시녀는 바들거리는 손으로 혼돈을 담은 접시를 내려놓고는 빠르게 그 자리에서 사라졌다.

악누는 한동안 피월려를 보다가 이내 짧게 독백했다.

"한 번에 너무 몰아붙였나. 쯧."

그도 눈을 감고는 가부좌를 틀고 앉아 운기하기 시작했다.

*　　　　*　　　　*

피월려는 또 얼마나 오랜 시간이 지났는지 모르게 꿈속을 헤맸다.

생사의 경계만큼이나 지독한 탁기가 가득한 그곳에서 정처 없이 걸음을 계속했다.

목적지가 없이 걷는 그의 걸음은 그의 인생과도 같았기에, 그는 자신의 발걸음을 내려다보면서 자조적인 웃음을 짓지 않을 수 없었다.

이렇게 열심히 걸어서 어디로 향하는 가?

어디에 도착하려고 이리도 열심히 걷는단 말인가?

입신?

입신이라는 목적지가 존재하는가?

아니.

입신이란 좋은 다리를 얻는 것뿐.

이 끔찍한 방황에서 나를 구원하지 않는다.

명마의 다리를 얻는다 한들 무슨 소용이랴.

가고자 하는 곳이 없으니 가고자 하는 곳에 갈 수 없다.

기를 쓰고 살아남아 무엇에 이르려는가?

무엇에……

피월려는 서서히 멈췄다.

지금까지 단 한 번도 멈춘 적 없는 그 발걸음을.

다리가 상해 걷지 못했어도, 마음속에선 걸음을 멈춘 적이 없었다.

하지만 그는 스스로에게 멈춤을 허락했다.

처음으로.

그러자 그를 따라오던 죽음이 엄습해 온다.

그의 등 뒤에서 숨을 죽이고 기회를 노린다.

그리고 그의 머리에 칼을 꽂아 넣는다.

피월려는 뒤를 돌아보았다.

뒤에는 아무것도 없었다.

텅 빈 공간에는 그의 발자취밖에 없었다.

왜 나는 걸었는가?

어디에 도달하기 위해 걸었는가?

질문이 잘못되었다.

목적지가 없이 걸었다면 그것은 걸은 것이 아니다.

도망치는 것이지.

목적 없이 사는 것은 사는 것이 아니다.

도망치는 것이지.

왜 나는 도망치는가?

무엇으로부터 도망치는가?

죽음이 아니겠는가.

내 삶은 오로지 살아남기 위함이었다.

그러다 무에 재미를 느끼고 그것을 추구하기 시작했다.

무(武)는 더욱 견고한 다리와 힘을 주었다.

때문에 죽음으로부터 더욱 수월히 도망칠 수 있었다.

그러나 그것에 무슨 의미가 있단 말인가?

무력, 재력, 권력…….

모양새는 달라도 하는 일은 같다.

내 다리를 쉽게 움직여 줄 뿐.

그러나 그것이 어디로 향하는지는 결정하지 않는다.

그것은 다리가 아니라 내가 정하는 것이다.

이젠 가야 할 길이 있다.

피월려는 앞을 보았다.

저 먼 곳에서 제갈미가 그를 향해 손짓하고 있었다.

순간 세상이 흐려졌다.

그리고 피월려의 의식이 서서히 떠오르기 시작했다.

몸의 감각들이 다시금 연결되어 그의 의식에 신호를 보냈다.

피월려는 잠에서 깨어났다.

"먹어라. 먹어야 기운을 차리는 것도 빠를 것이다."

악누의 말에 피월려의 의식은 완전히 꿈에서 벗어나 현실로 돌아왔다. 그는 버릇처럼 사정없이 눈을 깜박이며 앞을 보려 했지만, 그 노력이 헛되다는 걸 깨닫기까진 그리 오래 걸리지 않았다.

피월려가 겨우 입을 열고 말을 하려는데, 악누는 그 입에 음식을 억지로 넣어버렸다. 그러곤 피월려의 턱을 부여잡고 억지로 씹게 만들었는데, 피월려는 그 우악한 손길을 거부할 힘이 없었다.

처음에는 마치 돌멩이를 씹는 것 같았다. 그러다가 그의 입에서 타액이 만들어지고 음식물과 섞이자 그나마 먹을 만했다. 피월려는 진귀한 음식을 맛보는 미식가처럼 오랫동안 음식을 씹었다.

피월려는 뜨거운 온기가 그를 기분 좋게 압박하고 있음을 느꼈다. 전에 있었던 온천에서 조금도 움직이지 않은 것이다.

피월려가 자발적으로 턱을 움직이기 시작하자, 악누가 그의 턱을 놓아주었다.

"먹으면서 들어라."

"……."

"십여 년 전, 둘만 살아남은 사방신 중 백호가 죽었다. 그것도 한 어린아이에게. 이 일에 관여된 그 누구도 그 이유를 확실히 모른다. 다만 백호가 어린아이에게 죽었을 리는 만무하니, 스스로 목숨을 내놓았다고 보고 있지. 때문에 지금 중원을 지탱하는 사방신 중 온전히 살아 있는 신은 청룡뿐이다. 현무인귀는 이 청룡마저 죽이고 차원의 경계를 완전히 허물려고 한다. 그것까지는 이해했느냐?"

당사자인 피월려는 마지막 조각을 삼키고는 말했다.

"제가 듣기로는 황룡(黃龍)이 현무와 주작과 백호에게 벌을 내렸다고 했습니다. 영생(永生)의 주작은 죽었고, 야생(野生)의 백호는 갇혔고, 공생(共生)의 현무는 나뉘어졌다고……."

악누는 턱을 괴곤 생각에 잠시 잠겼다가, 말했다.

"극히 좌도적인 해석이다. 물론 충분히 그렇게 말할 수도 있다. 왜냐하면 황룡이란 다름 아닌 인류(人類)를 신격화한 것이기 때문이다. 주작, 백호, 현무는 모두 인간에게 죽임을 당했다. 그러니 그쪽에선 황룡이 벌을 내렸다 할 수 있지. 누가 뭐라 해도 이 세상의 주인은 인간이니……."

"……"

"주작은 죽었고, 백호는 갇혔고, 현무는 나뉘어졌다는 그 말을 보아하니, 불멸자의 사망을 잘 아는 자가 한 말이다. 그것이야말로 각 사방신의 살신법을 정확히 꿰뚫고 있는 말이다. 그들의 죽음을 고정하는 방법이지."

"그래서 북해빙궁이 실패한 것입니까?"

악누는 눈초리를 모았다.

"뭐?"

피월려가 말했다.

"백호는 갇힘으로 죽음이 고정되고 현무는 나눠짐으로 죽음이 고정되니 이 이치에 따르면 주작은 죽음으로 죽음이 고정되는데, 불멸자가 죽음으로 죽음이 고정된다는 말 자체가 모순이니 주작의 죽음은 고정될 수 없습니다. 때문에 영생의 주작이 아니겠습니까? 그러니 주작의 죽음을 고정하려는 시도 또한 어불성설이니 북해빙궁도 이것을 해결하지 못한 것 아닙니까?"

악누는 입을 살포시 벌렸다가 반문했다.

"그렇다면 이계 놈은 주작의 부활을 막는 것이 어찌 가능하다는 말이냐?"

"죽음에 대해서 정확한 식견을 가진 자라면 가능할 수도 있을 것 같습니다. 죽음을 다루고 죽음을 품에 안고 사는 자라면⋯⋯."

악누는 피월려가 누구를 말하는지 알 것 같았다.

"미내로를 말함이냐?"

"예."

참으로 오랜만에 느껴보는 감정에 악누는 잠시 당황했다. 깨달음이 찾아오는 그 기분은 그의 노년에는 거의 없었던 일이기 때문에, 어찌나 반가운지 그 기분을 느끼는데 온 마음을 쏟았다. 때문에 짧은 침묵을 지키게 된 악누는 그 기분이 사라지자 아쉬움을 느끼면서 말했다.

"좋은 생각이다. 본좌도 감탄을 금하지 않을 수 없군."

피월려는 자기 생각을 이어서 말했다.

"백호가 갇힘으로써 죽음이 고정된다면, 그 뜻은 바로 제 속에 백호가 갇혀 있는 것입니까?"

"그렇다. 백호는 네 속에 갇혀 있다. 그러므로 더 이상 밖에 영향력을 행사하지 못한다. 대신 네 몸은 죽음을 경험함으로 모든 기운이 사라지자, 백호의 영향을 받아 천살지체로 다시 태어나게 된 것이다.”

피월려는 힘없는 목소리로 중얼거렸다.

“이면에… 그러한 일들이 일어난 것인 줄은 몰랐습니다.”

“이 정도로 아는 자는 전 중원에 열을 넘지 않을 것이다.”

“저는 단순히 제 아버지의 복수를 했다 생각했었는데… 이제 생각해 보면 사실 그 거대한 백호를 어찌 죽였는지도 기억나지 않습니다. 백호가 왜 제게 죽어줬다고 생각하십니까?”

악누가 대답했다.

“본좌가 조심스레 추측하는데, 백호는 현무인귀를 속이려한 것이다. 그리고 성공했다. 현무인귀는 백호의 신도를 녹림으로 착각했고 모두 죽었다 믿게 되었다. 그러면서 자연스럽게 천살가에 관해 의심하지 않게 되었지. 그것만으로도 엄청난 수확이니라.”

“……”

“뿐만 아니라 천살가는 지금까지 현무인귀를 적극적으로 돕고 있었다. 그 관계를 너도 잘 알지 않느냐?”

피월려는 익히 들어 아는 이름을 물었다.

“혈교주 말입니까?”

“잘 아는구나. 우리는 혈교주를 내세워 현무인귀와 협력하여 지금까지 마교 내에서 그를 은밀히 도왔다. 그러니 더욱 우리를 의심할 수 없다.”

피월려는 조용히 읊조렸다.

"듣자 하니 박 장로와 천살가는 서로 협력하는 사이이나, 서로 간의 신뢰가 완벽하지 않은 듯합니다."

악누는 솔직히 대답했다.

"세상의 어느 세력들처럼 서로에게 도움이 되는 데까지 협력할 뿐이니라. 그리고 언젠가 서로가 반목할 때를 대비해서 은밀히, 그리고 조용히 안배를 하는 것이지."

피월려는 어느 정도 상황을 파악할 수 있었다.

"그 안배가 저로군요."

"어차피 죽은 몸이니 잃을 것이 없지 않느냐? 회복하는 데 집중하거라. 그러면 네 끈질긴 삶도 그 의미를 찾게 될 것이다."

"……."

피월려는 가슴을 강하게 때리는 그 말에 고개를 숙였다. 그 모습을 본 악누가 물었다.

"왜?"

피월려는 솔직히 속내를 털어놓았다.

"아닙니다. 그저… 몸을 회복하는 것이 무슨 의미가 있을까 해서 그렇습니다."

"방금까지만 해도 누구보다 살아 있던 놈이 갑자기 송장이 되었느냐?"

"……."

"어차피 천살가에서 네게 바라는 것은 무력이 아니라 지력이다. 그러니 넌 여전히 이용되어질 수 있다. 너무 큰 상심하지 말거라."

그것은 참으로 위로 같지도 않은 위로였다. 뭔가 묘하게 어긋나 있는 것이 천살성임을 한 번 더 확실히 하는 것 같았다.

피월려가 말했다.

"그것에 무슨 의미가 있습니까?"

그 자조적인 질문에 악누는 고개를 갸웃했다.

"당연히 복수지."

"……."

"복수하고 싶지 않느냐? 널 이렇게 만든 자, 현무인귀에게 말이다. 잠시 동안은 숨죽은 듯 지내다가 본격적으로 현무인귀와 천살가가 반목할 때에, 그의 등에 비수를 꽂아 넣을 수 있을 게다."

피월려는 이해할 수 없었다. 그가 그나마 기억할 수 있었던 건, 그에게서 모든 것을 앗아간 진설린이었다.

박소을의 모습은 그의 마지막 기억 속에 어디에도 없었다. 그러나 배후에서 모든 것을 조정한 것이다.

"그 또한 무슨 의미가 있을지 모르겠습니다."

악누는 화를 내며 소리쳤다.

"그럼 방금까지 신나게 물어보고 답변하던 건 무엇이냐? 현무인귀에게 복수할 수 있다는 희망 때문에 그런 것이 아니더냐? 절망 가운데서 희망을 발견한 그 희열이 아니라면 무엇 때문에 자기의 절망적인 처지를 잊어버릴 정도로 생동감을 가졌던 것이더냐?"

피월려는 말없이 기억을 곱씹으며 말했다.

"버릇 때문입니다."

"버릇?"

"용안을 가졌던 시절에… 그때의 버릇입니다. 그뿐입니다."

악누가 자리에서 벌떡 일어났다. 그러자 온천수가 큰 파동을 일으켰다.

그가 실망했다는 듯 소리쳤다.

"어처구니없군! 그 절망적인 상황에서 생동감을 잃지 않았기에 재밌는 놈인 줄 알았더니만, 그저 그런 것이더냐?"

"……."

말없는 피월려를 내려다보던 악누는 한탄하듯 말했다.

"하! 본좌는 원래 성질이 급해 뭘 설명하는 데 재주가 없다. 수족이 되겠으니 무공을 가르쳐 달라고 무릎 꿇은 놈들도 몇 개월 지나지 않아 다 사라졌지. 일단 네 궁금증을 풀어주려고 두서없이 말한 것뿐이니 이상하게 오해하지 말고 정확한 설명은 형님에게 들어라. 형님과 대화하면, 너도 수긍할 거다. 그때까지만 견뎌라. 알겠느냐?"

"……"

사실 피월려의 궁금증을 풀어주려고 한다기보다는 악누 스스로 비밀을 말하고 싶어서 안달 났다는 것이 더 정확했다. 음식까지 억지로 먹이면서 말을 들으라고 하는 걸 보면, 지금까지 입이 근질거려서 어떻게 참았는지 모를 지경이었다.

또한 악누는 본인이 원하는 대화 주제를 강요하는 버릇도 있었다. 생각한 곳이 아닌 곳으로 흘러간다 싶으면 바로 잘라 버리는 식이다. 듣고 싶어 하지 않는 대답을 하면 역정을 내는 상대에게 무슨 대답을 하란 말인가?

피월려는 그것을 굳이 지적하지 않고 침묵으로 일관했다.

악누가 얼굴을 찡그렸다.

"쯧. 설득한다는 것이 괜히 나서서 네 머리만 복잡하게 만들었구나. 그냥 생각을 비워라. 그냥 회복이나 해. 본좌는 어디 좀 다녀오마. 오래 걸릴 것이니, 참을성 있게 기다리고 있어라."

악누는 짜증 난다는 듯, 거친 발걸음으로 온천탕에서 걸어나갔고, 피월려는 그곳에 홀로 남겨졌다.

피월려는 오랫동안 옅은 숨을 마시고 내쉬었다.

그는 잠에 들기 전, 마지막으로 독백했다.

"누구도 믿을 순 없다……"

그 다짐은 피월려의 마음속 깊이 박혀 들어갔다.

다음번 눈을 떴을 땐, 소리에 적응되지 않은 고막을 찢는 듯한 날카로운 비명을 들어야 했다.

"꺅."

첨벙 하는 소리가 울리며 물보라가 일어 피월려의 전신에 쏟아졌다. 갑자기 물벼락을 맞은 피월려는 영문을 몰라 소리에 더욱 집중했고, 그래서 그의 앞에서 누군가 허우적거리고 있다는 것을 알 수 있었다. 그는 일단 손을 앞으로 뻗어 잡히는 대로 건져 올리려 했다. 하지만 어찌나 무거운지 아무리 힘을 써도 꿈쩍도 하지 않는 것처럼 느껴졌다.

다행히 물보라와 비명은 점차 잦아들었다. 피월려의 팔이 지지대가 되어, 완전히 잃어버렸던 균형을 찾을 수 있게 된 것이다. 간단히 입욕을 하는 온천이라 깊이가 얕았던 덕분도 있었다.

"아아. 아악."

소녀는 온몸을 부들부들 떨며 천천히 열탕에서 걸어 나왔다. 그녀의 몸에선 막 밥이 다 된 솥을 연 것처럼 김이 모락모락 피어올랐다. 살이 타들어가는 고통에 그녀는 정신을 잃을 듯했는데, 오로지 열탕 밖으로 나가는 것만을 유일한 목표로 삼아 정신 줄을 붙잡고 한 발자국씩 겨우겨우 옮겼다.

털썩.

그녀는 열탕 바로 옆의 매끄럽게 깎아놓은 돌 위로 쓰러졌다. 그러곤 그대로 정신을 잃었다.

"안 돼!"

여인의 목소리가 멀리서 들렸다. 피월려는 고개를 돌렸지만, 눈에 들어오는 것은 아무것도 없었다. 다급한 발소리가 그가 있는 쪽으로 오더니 흐느끼는 소리로 변했다.

피월려가 말했다.

"옷을 벗기시오."

여인은 울음이 범벅된 표정으로 피월려를 보았다.

"무, 무슨……."

"옷을 벗기지 않으면 지금보다 더욱 깊이 피부가 익을 것이오. 그럼 정말 죽소."

"……."

여인은 양손으로 눈물을 닦아내곤 재빨리 소녀의 옷을 벗겼다. 그 옷조차도 맨손으로 벗길 수 없을 만큼 뜨거웠는데, 여인의 손길엔 조금도 주저함이 없었다. 아니, 오히려 손에서 뜨거운 고통을 느낄수록 더욱 바삐 움직였다.

소녀의 옷을 모두 벗긴 여인은 소녀의 양 볼에 손을 가져다 대고 눈을 마주치려 했다. 하지만 소녀의 눈꺼풀은 반쯤 감긴 채, 그 안의 흰자를 드러내고 있었다. 그것을 본 여인은 전신을 관통하는 소름에 다리에 힘이 풀려 버렸다.

"어, 어르신. 어, 어떻게 해야……."

"수포(水泡)가 올라온 것 같소?"

"그, 그게……."

피월려는 손을 뻗었다. 그러자 여인은 재빨리 소녀의 팔을 피월려의 손 위에 올려주었고, 피월려는 한번 그 팔을 쓸며 손가락 끝의 감각에 집중했다. 그러나 늙은 육신의 감각은 둔감하였고 피월려가 확신을 얻기까진 꽤 오래 걸렸다. 여인의 입장에선 억겁과도 같은 시간이었다.

피월려가 마른손을 다시 물속에 넣으며 말했다.

"피부가 울긋불긋하지 않소?"

"예에……."

"열감은 있지만 수포는 없는 것 같으니, 그리 심한 화상은 아니오. 주변에 흐르는 찬물이 있으면, 그곳으로 데려가 일각 정도 몸을 담구어두시오."

"아, 알겠습니다. 어르신. 그, 그런데 무슨 일이 일어난 것인지……."

"나도 잘 모르겠소."

"……."

"흉이 남지 않으려면 한시가 급하오."

여인은 걱정 반 의심 반이 섞인 눈빛으로 피월려를 보다가 곧 소녀를 업고 어딘가로 사라졌다. 피월려는 다시금 찾아오는 피곤함을 느끼며 무의식적으로 그의 머리에 손을 가져갔는데, 그곳에 잡히는 무언가가 있었다. 한참을 만지작거린 뒤에야 그것이 뭔지 알 수 있었다.

"면 수건? 아… 내 머리에 면 수건을 감아주었구나. 그러다가 내가 깨어나서 놀라 앞으로 꼬꾸라진 것이로군. 쯧. 운도……."

피월려는 말을 마치지 못했다. 그의 혀를 굳게 만든 것은 위화감이었다. 뭔가 맞지 않는 느낌. 있어야 할 것이 없고, 어딘가 어긋난 그 느낌. 피월려는 순간 자기가 꿈속에 있는 것이 아닌가 하는 의심까지 들 정도로 짙은 위화감을 느꼈다.

피월려는 보이지 않는 눈으로 스스로의 손을 내려다보며 양손을 활짝 펼쳐보았다.

"느껴지지가… 않아."

책임감? 미안함? 죄책감? 안타까움? 무엇이라 표현해야 할지 알 수 없었다. 하지만 분명 그의 마음속에서 꿈틀대야 하는 것이 전혀 움직이지 않고 있었다. 아무리 머리를 뒤져서 찾은 중원의 어떤 단어로도 그가 느껴야 하지만, 느끼지 못하는 그 감정을 정확히 표현하지 못했다. 단지 피월려는 기억으로나마 지금 이런 순간에 그가 느껴야 할 어떤 감정이 있다는 걸 알았다. 하지만 알 뿐이었다. 느끼지 못했다.

열 번 이상 손을 접었다 폈다를 반복하며 피월려는 생각을
계속했으나 그 감정이 무엇인지 감도 잡지 못했다. 분명한 건,
극한으로 치달은 모녀의 감정이 담긴 소리들이 동물의 소리처
럼 들렸다는 점이다. 소녀의 비명과 여인의 울음소리가 마치
원숭이의 외침과 새들의 지저귐처럼 들렸다.

물론 그 의미를 모르는 것은 아니다. 그들이 왜 그런 소리
를 내는지 이해하지 못하는 것도 아니다. 그러나 그것이 마음
을 울리지는 않는다. 개가 꼬리를 흔드는 것이 기쁨의 표현이
라는 걸 알고 있을 뿐, 그것에 동감하지는 않는 것과 같다.

이는 마공을 익혀서 마성의 영향을 받는 것과는 판이하게
다른 현상이었다. 마성은 각종 자극에 같이 어울려 울리는 마
음의 탄력을 마비시킨다. 딱딱하게 만드는 것이다. 하지만 지
금 느낌은 그것이 아니다. 쏟아지는 자극에도 마음에 아무런
영향이 없는 것이다.

"어르신."

피월려는 소리가 난 쪽으로 고개를 돌렸다. 여인은 그의 텅
빈 눈을 보고 간담이 서늘해지는 것을 느꼈지만, 최대한 겉으
로 티를 내지 않으려 했다.

"아이는 무사하오?"

피월려의 물음에 여인이 부끄럽다는 듯 말했다.

"지아비가 돌보고 있습니다. 바로 옆에 산꼭대기에서 내려

오는 냇물이 있어서… 아깐 경황이 없어서 제가 감사 말씀을 못 드렸습니다. 감사합니다."

공손한 그 어투로 미루어 짐작할 때, 아예 교육을 받지 못한 여인은 아닌 듯싶었다.

피월려가 물었다.

"이 온천의 안주인이시오?"

"……."

"왜 그러시오?"

"모, 모르십니까? 그, 그것이……."

그녀는 잠시 뜸을 들였다. 피월려는 심상치 않음을 느끼고, 부드러운 어조로 말했다.

"두려워하지 마시오. 해를 가하지 않겠소."

여인은 불안한 듯 자꾸만 옷고름을 여몄다. 몇 번이나 침을 삼키더니 그제야 입을 열었다.

"안주인께서는 돌아가셨습니다. 그, 그 다른 분께……."

피월려는 단번에 무슨 말인 줄 알 것 같았다.

그가 물었다.

"몇 명이나 죽였소?"

"예?"

"몇 명이나 죽였소?"

"……."

"말해보시오."

"가, 가솔분들을 모두……."

"몇 명?"

"여, 여섯입니다."

"살아남은 사람은?"

"녹봉을 받고 일하는 평민들과 노비뿐입니다."

"그런 살겁이 있었는데 도망가지 않았소?"

"……."

"으름장을 놓으셨군… 아니, 이미 선례가 있어. 그렇지 않은가?"

여인은 입술을 떼지 못하다가 곧 털어놓듯 말했다.

"두 가족이 도망갔다가 유명을 달리했습니다."

"그렇군."

"어, 어르신… 어르신께서 혹 잘 말씀해 주시지 않겠습니까? 저, 저희는 정말로 어르신을 섬기는 데 어떠한 부족함도 없이 자, 잘하겠습니다. 제 딸아이도 어, 어르신의 머리에 고인 땀을 닦아주기 위해서 그런 것입니다. 저, 저희는……."

피월려는 고개를 돌려 앞을 보았다.

"노고를 잘 알겠소. 잘 일러둘 터이니 가서 아이를 돌보시오."

그 여인은 고개를 숙이고 넙죽 엎드리며 연신 절을 했다.

"가, 감사합니다, 어르신. 감사합니다!"

그렇게 몇 번이고 땅에 이마를 댄 여인은 피월려가 말이 없자, 뒷걸음질로 물러났다. 홀로 남은 피월려는 씁쓸한 기분을 느꼈다. 하지만 그 감정 역시도 중요한 무언가가 반 이상 비어 있는 듯했다. 마치 간을 하지 않은 음식을 먹는 기분이었다.

피월려는 또 어느새 잠에 빠졌다.

그리고 그가 일어난 건 며칠 뒤였다.

피월려는 그의 머리를 만지는 부드러운 손길에 그것이 어린 아이의 것임을 알 수 있었다.

"또 앞으로 엎어지지 말거라."

"히이익!"

소녀는 놀랐다. 이번에는 다행히도 뒤로 엉덩방아를 찧어서 열탕에 입수하진 않았다.

그녀는 주저앉은 채로 양다리를 움직여 피월려에게서 멀찌감치 떨어졌다. 그녀는 두려움이 가득한 눈빛으로 피월려를 보았는데, 그 속에는 조금이지만 호기심도 포함되어 있었다.

피월려는 눈을 뜨지 않은 채, 고개를 돌려 그 소녀 쪽을 향했다. 눈알이 없는 그 흉한 눈이 감겨 있으니 여타 다른 노인과 다를 바가 없는 지라 소녀도 마음을 놓을 수 있었다.

"왜 네가 하지? 어른들이 하지 않고."

소녀는 콩닥콩닥 뛰는 가슴을 겨우 가라앉혔다.

"제, 제가 해야 한다고 했어요… 그렇지 않으면 안 된다고……."

악누는 행여나 누군가 피월려에게 해를 끼칠까 하여 그 소녀가 아니라면 누구도 피월려에게 가까이 가지 말라고 엄포를 놓았었다. 피월려는 그 점을 유추하곤 한숨을 쉬었다.

"후우. 철저하시군."

"……."

"이름이 뭐지?"

소녀는 어머니가 일러준 대로 또박또박 말했다.

"소요요."

"소요?"

"네."

"예쁜 이름이구나. 전에는 미안했다."

"……."

아이는 우물쭈물하며 피월려를 보고만 있었다.

피월려가 말했다.

"어디 출신이지?"

"이… 이 근방에 있는 고을이에요."

"이름은?"

"그, 그게. 제 제가 잘할게요. 그러니까……."

"아니다."

"……."

피월려가 느끼기엔 이미 소요의 마음이 두려움에 가득 차

있어 정상적인 대화가 불가능할 것 같았다. 사람을 죽이곤 협박한 악누의 악행을 아는 이상, 그와 같은 일행이라 할 수 있는 피월려에게 마음을 열 리가 없기 때문이다.

피월려는 고개를 돌려 정면을 보았다. 그러자 소요는 한참을 그를 보다가, 서서히 그에게 다가왔다. 그러곤 면 수건이 감겨 있는 피월려의 머리를 풀어 헤치면서, 피월려에게 물었다.

"어, 어르신께서는……."

"응?"

"어르신께서도 무림인이세요?"

떨리는 목소리에는 여전히 두려움이 가득했다. 소요는 두려움 때문에 자신을 밝히기는 싫었지만, 호기심 때문에 그를 알고는 싶은 듯 보였다. 참으로 아이다운 순수한 이기심이 그 작은 발을 굴려 메말라 버린 피월려의 마음 밭을 쿵 하고 울렸다.

피월려는 소요가 기특했다. 어찌 보면 죽을 수 있다는 두려움을 이겨낸 것 아닌가? 그것은 허무가 가득한 그의 마음에 작은 기쁨으로 다가오기까지 했다.

피월려가 말했다.

"였었지."

피월려가 대답을 하자 소요의 눈이 초롱초롱해졌다. 단 한마디였지만, 호기심이 동해 두려움을 완전히 몰아낸 것이다.

그것은 마공을 익히는 것과 비슷했다.

소요가 물었다.

"무림인은 어때요?"

목소리에 공포라곤 찾을 수 없었다.

"어떻긴……"

피월려는 한동안 그렇게 소요와 대화를 나누었다. 일방적인 질문과 일방적인 대답으로 이뤄진 것이라 대화라고 하기도 민망했지만, 피월려도 소요도 그 대화에 충분히 만족했다. 소요는 자신의 궁금증을 해결할 수 있어서 좋았고, 피월려는 자신의 허무를 잊을 수 있어서 좋았다.

그 이후로도 피월려는 깨어날 때마다 자신의 삶을 소요에게 들려주었다.

*   *   *

첫서리가 내렸다.

피월려는 그의 몸에 닿은 차가움에 처음 그것을 느꼈다. 뜨거운 열탕에서 솟아오르는 수증기를 뚫고 들어와 피월려의 몸에 닿게 된 녀석들이니 폭설 중 내리는 수많은 눈들 중에서도 한기가 상당히 센 놈들일 것이다.

눈은 소리 없이 몰래 그의 몸에 자리를 잡으려 했는데, 차가움을 숨기지 못하고 금세 들켜 버려 사르르 녹아버렸다. 그

중 담이 큰 몇몇 놈들은 피월려의 콧속으로 들어와 그의 호흡을 방해했다. 하지만 그도 귀찮음을 느낀 피월려가 입으로 숨을 쉬기 시작하자, 입속에서 물이 되어 피월려의 갈증을 채워주었다.

체온에 이기지 못하고 물이 된 눈은 땀과 뒤섞여 피월려의 몸을 타고 흘러내렸다.

"서리가 내리니 상강(霜降)… 그때로부터 벌써 네 달 가까이 지난 것인가."

피월려는 손을 들어 그의 육신을 만져보았다. 백 일이 넘어가는 시간 동안 그 열탕 속에 있었음에도, 피부는 여전히 까칠했고 털에는 힘이 없었다. 근육이 말라 뼈를 간신히 덮고 있는 피부는 손가락으로 길게 잡으면 늘어지는 주름투성이였다. 선천지기를 쏟아부어 마지막을 불태운 피월려의 육신은 잃어버린 젊음을 되찾을 기미가 보이지 않았다.

그때, 누군가 그에게로 다가왔다.

악누였다.

"간만이군. 잘 있었느냐?"

피월려가 물었다.

"아. 어르신이셨습니까? 소요는 어디 있습니까?"

악누가 말했다.

"소요? 그게 누구냐?"

피월려의 얼굴이 굳었다.

"아, 아닙니다. 얼마나 시간이 지난 겁니까?"

"그 질문은 볼 때마다 하는구나. 시간 감각이 전혀 없느냐?"

"……."

"한로(寒露)를 조금 지났다."

"이번 년엔 서리가 빨리 내리는군요."

"이 온천은 지면으로부터 꽤 높은 산 중턱에 위치한 곳이다. 때문에 서리가 빨리 내린 것이지. 호북에선 한창 추수를 끝내고 있다."

피월려는 고개를 두어 번 끄덕이며 물었다.

"가신 일은 어찌 되었습니까?"

악누는 옷을 입은 채 탕에 들어가진 않고 피월려 옆쪽에 있는 바위에 걸터앉으면서 말했다.

"내가 용무를 말했던가?"

"말씀하지 않으셨습니다."

"급한 전갈이어서 말이다. 다름 아니라 흑백대전에 관련된 일이니까."

피월려가 물었다.

"흑도와 백도 간에 전투가 벌어졌습니까?"

악누는 대수롭지 않다는 듯 대답했다.

"벌어지려 하고 있지. 이제 북쪽 지대의 추수가 시작되니, 그 일이 끝나 창고가 가득해지면 진격할 생각인 것 같다. 물이 얼어붙기 전에는 도착하겠지."

"……."

"본부는 외성의 방어를 각각의 천마오가에게 전적으로 맡겼다. 본부로 직접 진격하는 백도의 제일군(第一軍)을 막기 위해서, 외성에 인원을 파견할 처지가 아니라고 못 박은 게지. 뭐, 각 성에서 마인들을 더 차출하지 않은 것만으로 다행이다."

"각자의 힘으로 각자의 구역을 지키라는 것이군요."

악누는 팔짱을 끼었다.

"천살가는 남창(南昌)에 자리 잡고 강서성과 복건성의 무림을 다스린다. 이번 흑백대전을 기회로 삼아 세력 확장의 욕심을 내는 백도문파들 중 천살가로 진군하는 부류는 제삼군(第三軍)으로 남궁세가(南宮世家)와 대명문파 및 중소문파들로 이뤄져 있다. 모두 동북쪽에 자리 잡은 놈들로, 동남쪽에 자리 잡은 천살가를 쳐서 본 교의 옆구리를 노리겠다는 심산이다."

"제삼군 중, 무림맹 주축 세력은 남궁세가밖에 없습니까?"

"그렇다고 무시할 순 없다. 그들 중엔 황보세가(皇甫世家)처럼 오대세가엔 들지 못하나 초절정고수를 보유했다고 알려진 곳도 있다. 중원 전체에 영향력은 없지만, 각자 자기 지역에선 나름 주인 자리를 꿰차고 있는 자들이다. 천살가는 이들을 막아야 한다."

"그렇습니까?"

악누는 곁눈질로 피월려의 뒤통수를 노려보았다.

"초연한 듯 말하지 말거라."

"솔직히 말씀드려도 되겠습니까?"

"아니."

"……."

"상황이 상황인 만큼 생각보다 빨리 천살가로 향해야 한다. 일단 일어나라. 외투 한 벌을 가져왔다. 옛날 세상의 부귀영화를 모두 누려본 한 부자가 노년에 체온을 유지하기 위해서 특수 제작한 보물이지. 작은 촌락 전체를 살 수 있는 가치가 있는 것이다."

피월려는 악누의 말을 듣고 자리에서 일어났다. 그러자 서늘한 한기가 채찍처럼 그의 몸을 때렸다. 몸이 부르르 떨리고 숨은 턱턱 막혔다. 악누는 그가 입고 있던 외투를 벗어서 피월려에게 입혀주었다. 그러자 은은한 온기가 그 외투 안에서부터 나와 피월려의 체온을 보호했다. 피월려는 그 따스함에 안락한 기분이 들어 숨을 깊게 내쉬었다.

붉은빛이 감도는 그 외투는 마치 살아 있는 생물처럼 스스로 열을 내고 있었다.

악누가 말했다.

"어렵게 구했다. 온주피(溫朱被)라는 것이다."

조금이라도 온기를 잃을까, 온주피를 꽉 잡아맨 피월려는 악누를 돌아보며 물었다.

"제게 이렇게 잘해주시는 이유가 뭡니까?"

"그만한 가치가 있으니 그런 것이지."

"……."

"다시 말하지만, 기분 상하지 마라. 이용당하는 게 아니라 쓰임을 받는다고 생각해라. 그저 생각의 차이일 뿐. 네가 스스로 말하지 않았느냐? 허무하다고. 어차피 버릴 목숨이니, 천살가를 위해 쓰라는 말이다."

"……."

"게다가 인연도 있으니 완전 도구가 되는 것도 아니다."

"인연이라 하심은?"

악누는 자기 입을 몇 차례 때리더니 피월려를 지나쳐 걸으면서 말했다.

"하! 말하지 말라 했거늘, 쯧. 입이 방정이지. 더 말하고 싶지 않으니, 뒤따라오너라. 마차까진 홀로 걸을 수 있겠지."

악누는 피월려를 한 번도 돌아보지 않고, 제 갈 길을 걸었다.

두 눈이 있는 그야 손쉽게 그 온천에서 멀찍이 있는 이로(泥路)에 서 있는 마차까지 갈 수 있었다. 그러나 눈이 없는 피월려에겐 그 짧은 거리도 너무나 오랜 시간이 걸렸다.

홀로 남은 피월려는 한숨을 내쉬고 처음으로 탕 밖에 다리를 내디뎠다.

물컹한 것이 밟혔다.

피월려의 눈썹이 꿈틀거렸다.

그는 고개를 숙여 그 물컹한 것을 잡았다.

서서히 감각을 되찾은 코를 통해 스며드는 혈향.

피월려는 그 물컹한 것을 양손으로 만져보았다.

아직 체온을 완전히 잃지 않은 그 몸은 작았다.

피월려는 그 몸의 머리 쪽으로 손을 가져가 보았다.

머리카락은 길었다.

『천마신교 낙양지부』 20권에 계속…

이제부터 전자책은

이젠북

www.ezenbook.co.kr

새로운 세계가 열린다!

김재한 『성운을 먹는 자』	철백 『대무사』
니콜로 『마왕의 게임』	가프 『궁극의 쉐프』
이경영 『그라니트:용들의 땅』	문용신 『절대호위』
탁목조 『일곱 번째 달의 무르무르』	천지무천 『변혁 1990』
강성곤 『메이저리거』	SOKIN 『코더 이용호』

이름만 들어도 황홀할 정도의 별들의 향연!
이들의 "유료연재"가 시작됩니다!

검색창에 **이젠북**을 쳐보세요! ▼

초대형 24시 만화방

신간 100%, 샤워실, 흡연실, 수면실(침대석), 커플석, 세탁기 완비

▪ 광명 광명사거리역점 ▪

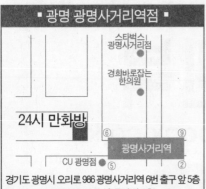

경기도 광명시 오리로 986 광명사거리역 6번 출구 앞 5층
02) 2625-9940 (솔목타워 5층)

▪ 강북 노원역점 ▪

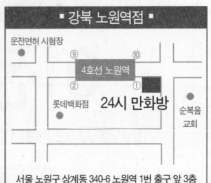

서울 노원구 상계동 340-6 노원역 1번 출구 앞 3층
02) 951-8324 (화용빌딩 3층)

▪ 일산 정발산역점 ▪

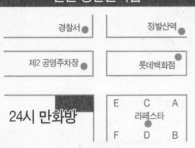

라페스타 E동 건너편 먹자골목 내 객잔건물 5층
031) 914-1957

▪ 일산 화정역점 ▪

경기도 고양시 덕양구 화정동 984번지 서일빌딩 7층
031) 979-4874 (서일사우나 건물 7층)

▪ 부천 역곡역점 ▪

역곡남부역 기업은행 건물 3층
032) 665-5525

▪ 부평역점 ▪

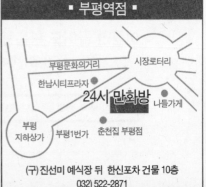

(구)진선미 예식장 뒤 한신포차 건물 10층
032) 522-2871

크레도 장편소설
FUSION FANTASTIC STORY

톱스타 이건우

열정만으로 성공하는 것은 아니다!

어중간한 실력으로 허송세월하던 이건우.

그의 앞에 닥친 갑작스러운 사고와 함께 떠오르는 기억.

'나는 죽었는데 살아 있어. 그건 전생? 도대체……'

전생부터 현생까지 이어지는 인연들.
그리고 옥선체화신공(玉仙體化神功)…….

망나니처럼 살아온 이건우는 잊어라!
외모! 연기! 노래!
삼박자를 모두 갖춘 최고의 스타가 탄생한다!

Book Publishing CHUNGEORAM

유행이 아닌 자유추구 -
WWW.chungeoram.com

FUSION FANTASTIC STORY

설경구 장편소설

저니맨 김태식

한 팀에서 오래 머물지 못하고
이 팀, 저 팀을 옮겨 다니는
저니맨(Journey man)의 대명사, 김태식!
등 떠밀리듯 팀을 옮기기도 수차례.

"이게… 나라고?"

기적과 함께 그의 인생에 찾아온 두 번째 기회!

"이제부터 내가 뛸 팀은 내 의지로 선택한다!"

더 이상의 후회는 없다!
야구 역사를 바꿔놓을
그의 새로운 야구 인생이 펼쳐진다!

Book Publishing CHUNGEORAM

유행이 아닌 자유추구 -
WWW.chungeoram.com

FUSION FANTASTIC STORY 류승현 장편소설

리턴 마스터

2041년, 인류는 귀환자에 의해 멸망했다.

최후의 인류 저항군인 문주한.
그는 인류를 구하고 모든 것을 다시 되돌리기 위하여
회귀의 반지를 이용해 20년 전으로 돌아갔다. 하지만……

"어째서 다른 인간의 몸으로 돌아온 거지?"

그가 회귀한 곳은 20년 전의 자신도, 지구도 아니었다!

다른 이의 몸으로 판타지 차원에
떨어져 버린 문주한.
그는 과연 인류를 구원할 수 있을 것인가!

Book Publishing CHUNGEORAM

유행이 아닌 자유추구
WWW.chungeoram.com

한의 韓醫 스페셜 리스트

가프 장편소설

FUSION FANTASTIC STORY

돌팔이 소리만 듣던 한의사 윤도.

달라지고 싶은 마음에 찾아간 중국 명의순례에서
버스 추락 사고에 휘말리고 마는데……

구사일생으로 살아 돌아온 지 30일.
전에 없던 스페셜한 능력들이 생겼다?

초짜 한의사에서 화타, 편작 뺨치는 신의로!
세상의 모든 질병과 인술 구현에 도전한다!

Book Publishing CHUNGEORAM

유행이 아닌 자유추구-
WWW.chungeoram.com